Olive Branch of Poetry

Versi sparsi di poeti russi e italiani
Стихи русских и итальянских поэтов

A CURA DI ALEXANDAR KABISHEV, LUCILLA TRAPAZZO, LIDIA CHIARELLI

ПОД РЕДАКЦИЕЙ АЛЕКСАНДРА КАБИШЕВА, ЛУЦИЛЛЫ ТРАПАЦЦО И ЛИДИИ ЧИАРЕЛЛИ

Ukiyoto Publishing

All global publishing rights are held by

Ukiyoto Publishing

Published in 2024

Content Copyright © Authors of the book

ISBN 9789362692788

All rights reserved.
No part of this publication may be reproduced, transmitted, or stored in a retrieval system, in any form by any means, electronic, mechanical, photocopying, recording or otherwise, without the prior permission of the publisher.

The moral rights of the author have been asserted.

This is a work of fiction. Names, characters, businesses, places, events, locales, and incidents are either the products of the author's imagination or used in a fictitious manner. Any resemblance to actual persons, living or dead, or actual events is purely coincidental.

This book is sold subject to the condition that it shall not by way of trade or otherwise, be lent, resold, hired out or otherwise circulated, without the publisher's prior consent, in any form of binding or cover other than that in which it is published.

www.ukiyoto.com

Traduzioni in italiano a cura di Lidia Chiarelli e Lucilla Trapazzo

Переводы на русский язык: Светлана Попова – Фаина Назарова – Ленуш Сердана – Татьяна Растопчина – Виктория Артюшенко – Виктория Ерух – Анастасия Купряшова – Валентина Смыслова – Наташа Пекарж – Юлия Хаперская – Аксинья Новицкая – Ленуш Сердана – Наталья Мазур – Надежда Сверчкова – Владимир Васильев – Елизавета Клейн – Александр Кабишев – Лера Лиссова – Юлия Лобачева

Immagine di copertina: *In the Light*, Gianpiero Actis, Italia
Изображение на обложке: «На свету», Джанпьеро Актис, Италия

La poesia accompagnava i morenti e guariva i dolori, conduceva alle vittorie, accompagnava i solitari, era ardente come il fuoco, leggera e fresca come la neve, aveva mani, dita e pugni, aveva germogli come la primavera: metteva radici nel cuore dell'uomo.

P. Neruda – *Regalo di un poeta*

Поэтическое восприятие жизни, всего окружающего нас — величайший дар, доставшийся нам от поры детства. Если человек не растеряет этот дар на протяжении долгих трезвых лет, то он поэт или писатель.

Константин Георгиевич Паустовский

Contents

SALUTO E AUSPICIO – LUCILLA TRAPAZZO	1
ПРЕДИСЛОВИЕ – АЛЕКСАНДР КАБИШЕВ	3
ТАТЬЯНА ЕРЁМЕНКО – TATIANA EREMENKO	5
LUCA ARIANO – ЛУКА АРИАНО	10
ЛЕНУШ СЕРДАНА – LENUSH SERDANA	16
DALILA HIAOUI – ДАЛИЛА ХИАУИ	23
ENZO BACCA – ЭНЦО БАККА	38
НАЗАРОВА ФАИНА – NAZAROVA FAINA	41
ELISABETTA BAGLI – ЭЛИЗАБЕТТА БАГЛИ	46
АЛЕКСАНДР КЛЮКВИН – ALEXANDER KLYUKVIN	49
ESTER CECERE – ЭСТЕР ЧЕЧЕРЕ	59
ВЛАДИМИР ВАСИЛЬЕВСКИЙ – VLADIMIR VASILEVSKY	64
LIDIA CHIARELLI – ЛИДИЯ ЧИАРЕЛЛИ	76
НАТАЛЬЯ ПЕКАРЖ – NATALIA PEKARZH	82
VIVIANE CIAMPI – ВИВИАН ЧАМПИ	92
ЛЕРА ЛИССОВА – LERA LISSOVA	97
BRUNA CICALA – БРУНА ЧИКАЛА	102
ЛЮДМИЛА РУЧКИНА – LYUDMILA RUCHKINA	105
EMANUELE CILENTI – ЭМАНУЭЛЕ ЧИЛЕНТИ	114

ТАТЬЯНА ШЕВАЛЬДО – TATIANA CHEVALDO 122

GIUSEPPE NAPOLITANO – ДЖУЗЕППЕ НАПОЛИТАНО 128

ТАТЬЯНА БОГДАНОВА – TATIANA BOGDANOVA 133

SABRINA DE CANIO – САБРИНА ДЕ КАНИО 140

ВАЛЕНТИНА СМЫСЛОВА – VALENTINA SMYSLOVA 145

GIANSALVO PIO FORTUNATO – ДЖАНСАЛЬВО ПИО ФОРТУНАТО 150

АЛЕКСАНДР ЕРЁМИН – ALEXANDER EREMIN 156

DANTE MAFFIA – ДАНТЕ МАФФИА 164

СВЕТЛАНА ПОПОВА – SVETLANA POPOVA 167

GIANPAOLO MASTROPASQUA – ДЖАНПАОЛО МАСТРОПАСКВА 174

ИРИНА ТИХОМИРОВА – IRINA TIKHOMIROVA 179

DONATELLA NARDIN – ДОНАТЕЛЛА НАРДИН 184

ВИКТОРИЯ ЕРУХ – VICTORIA ERUKH 189

FELICE PANICONI – ФЕЛИЧЕ ПАНИКОНИ 195

ВИКТОРИЯ КУРБЕКО – VICTORIA KURBEKO 201

ЮЛИЯ ЛОБАЧЕВА – JULIA LOBACHEVA 214

CLAUDIA PICCINNO – КЛАУДИА ПИКЧИННО	219
ЛАРИСА ПУШИНА – LARISA PUSHINA	222
ALESSANDRO RAMBERTI – АЛЕССАНДРО РАМБЕРТИ	227
УЛЬЯНА ОЛЕЙНИК – ULYANA OLEYNIK	230
EMANUELA RIZZO – ЭМАНУЭЛА РИЦЦО	238
КАБИШЕВ АЛЕКСАНДР – ALEXANDER KABISHEV	244
SERENA ROSSI – СЕРЕНА РОССИ	250
НАТАЛИ БИССО – NATALIE BISSO	256
LUCILLA TRAPAZZO – ЛУЦИЛЛА ТРАПАЦЦО	262
ТАТЬЯНА РАСТОПЧИНА – TATIANA RASTOPCHINA	268
MARA VENUTO – МАРА ВЕНУТО	274
ВАЛЕНТИНА КОНОНОВА – VALENTINA KONONOVA	280
ЛЕВИКОВ МАКСИМ – LEVIKOV MAKSIM	292
MICHELA ZANARELLA – МИКЕЛА ЦАНАРЕЛЛА	297
ПРИЛОЖЕНИЕ. ПОЭТЫ-ПЕРЕВОДЧИКИ СТИХТВОРЕНИЙ ИТАЛЬЯНСКИХ АВТОРОВ – ULTERIORI. TRADUTTORI RUSSI	300
НАДЕЖДА СВЕРЧКОВА – NADEZHDA SVERCHKOVA	301
АКСИНЬЯ НОВИЦКАЯ – AKSINJA NOVITSKAYA	303

SALUTO E AUSPICIO
LUCILLA TRAPAZZO

Ubuntu – I am because you are
(proverbio africano)

Un poeta trascorre di solito molte ore solitarie a scrivere e riscrivere i propri versi, i propri dubbi, i dolori, le speranze. Tuttavia, se la scrittura è un atto solitario, la poesia è in essenza qualcosa che va verso l'altro, una mano tesa. Quando l'*IO* incontra la poesia, abbandona il singolare e si declina al plurale, si trasforma in *NOI*. Se questo libro rappresenta qualcosa, rappresenta lo spirito unitario dell'arte poetica.

E questo spirito ci ha spinto a tradurre le vostre poesie e i vostri contributi e a raccoglierli in un volume: insieme possiamo slacciare i nodi di ogni frontiera, creare nuovi legami, intrecciare lingue, parole e suoni.

Si è appena concluso un altro anno particolare e difficile di questa seconda decade del nuovo millennio. In un tempo in cui il mondo che conosciamo si sgretola sotto il fragore di nuove guerre e nuovi nazionalismi, un mondo in cui la vita e la morte hanno valore diverso a diverse latitudini e longitudini, l'entusiasmo con cui ognuno di voi poeti ha offerto il proprio contributo a questo volume è un segnale forte di speranza – forse la poesia non salverà il mondo, ma può fare la differenza e può unirci in modi diversi. Conoscervi e scoprire i vostri versi, che parlano lingue diverse e raccontano culture differenti, è stato fecondo e importante. Senza di voi questo progetto non avrebbe visto la luce. Per questo vi dico grazie, semplicemente e profondamente.

In ogni occasione in cui i poeti si incontrano, ritornano bellezza e resilienza, nuove speranze vengono coltivate, anche ora che viviamo con il filo spinato intorno ai cuori. Il mio auspicio è che continueremo uniti i nostri sforzi come poeti e come esseri umani, che attraverso le nostre parole ancora pianteremo alberi e forgeremo nuove idee, letterarie, sociali e umanitarie, e che insieme faremo ancora parte della grande famiglia della poesia per molti anni a venire.

Lucilla Trapazzo

ПРЕДИСЛОВИЕ
АЛЕКСАНДР КАБИШЕВ

За обложкой этой книги скрывается уникальная, можно даже сказать историческая творческая и культурная работа, которая превратила мечты о российско-итальянском сборнике «Оливковая ветвь поэзии» в реальность!

Это был не первый наш подобный проект, и мы были вполне умудрены опытом предыдущих публикаций и переводов, однако работа с новыми поэтами, их произведениями и красивым итальянским языком расширила наши творческие взгляды, вдохновила новыми мыслями и образами. Безусловно, Россия и Италия с древнейших времен связаны нитью творчества и культуры. Достаточно вспомнить хотя бы известнейших итальянских зодчих, которые формировали исторический центр Петербурга или великих русских художников и писателей, которые создали свои лучшие произведения, находясь в Италии. Вопрос: был ли это первый совместный российско-итальянский сборник современной поэзии? Я, пожалуй, оставлю его без ответа, ведь на самом деле это и не так важно. Гораздо ценнее то, что мы получили возможность и опыт такого сотрудничества, который останется на века закрепленным в нашей совместной книге.

Мы не знаем всех событий и явлений, которые несет нам будущее. Даже в нашем творчестве, случайные образы или идеи могут существенно изменить тематику или стиль письма… Но в наших сердцах навсегда сохранится экзотический, теплый и яркий российско-итальянский сборник «Оливковая ветвь поэзии»!

Кабишев Александр

ТАТЬЯНА ЕРЁМЕНКО – TATIANA EREMENKO

Автор трех поэтических сборников, член Дивеевского литературного союза Нижегородской области, член Содружества писателей Сочи, лауреат фестиваля авторской песни "Новый февраль". Любимая жена, мама, дочь. Пишу стихи шесть лет. Любите и будьте любимы!

Autrice di tre raccolte di poesie, membro dell'Unione letteraria *Diveevskij* della regione di Nizhny Novgorod, membro della Comunità degli scrittori di Sochi, vincitrice del festival della canzone d'autore " Новый февраль" (*Nuovo febbraio*). Amata moglie, madre, figlia. Scrive poesie da sei anni. Motto: "*Ama e sii amato*!"

***

А давай поедем в горы,
Там, где шумный водопад,
Где зелёные просторы
Во все стороны глядят.

Где цветочные поляны
Ароматных летних трав.
Мы придём туда, нежданно
Под счастливый дождь попав.

И под песнь дроздов и соек,
Растянувшись на земле,
В теплых солнечных узорах
Помечтаем о зиме.

А давай поедем в горы,
Чтобы встретить в них рассвет,
Чтобы сосен разговоры
Там подслушать. А в ответ

Поделиться с ними грустью
Или радостью большой.
И на сердце станет лучше,
И придёт к душе покой.

А давай поедем в горы,
Если быстро не дойти,
Чтоб наполнившись раздольем,
Унести его внутри.

***

Andiamo, andiamo in montagna,
c'è una cascata rumorosa,
dove verdi distese si estendono
in ogni direzione.

Vi sono radure di fiori
fragranti di erbe estive.
Vi arriveremo all'improvviso
sotto pioggia felice che cade.

E al canto dei tordi e delle ghiandaie,
che si espande sul suolo,
fra caldi disegni di sole
sogniamo l'inverno.

Andiamo, andiamo in montagna,
per incontrare l'alba,
per ascoltare il dialogo dei pini
in risposta

condividiamo la loro tristezza
o una grande gioia.
Sarà più leggero il cuore,
sarà pace nell'anima.

Andiamo, andiamo in montagna,
andiamo, raggiungiamola in fretta,
che lo spazio grande ci riempia
portiamolo dentro di noi.

***

Я себе однажды обещала,
Не ходить туда, куда не просят,
Забывать и начинать сначала,
Где душою завладела осень.

Без вопросов там, где есть ответы,
Что подкинул опыт, наблюденье.
Верить бы по-детски, беззаветно!
Поздно, если видишь полутени.

Меньше слов, когда напротив скука.
Меньше взглядов, коль они не в душу.
Пусть они послужат тем наградой,
Кто их ценит, ждёт и хочет слушать.

Я себе однажды обещала,
Только там быть, где любя любима.
Просто потому, что осознала:
Жизнь моя одна, неповторима.

***

Una volta ho promesso a me stessa:
non andare dove non sei invitata,
dimentica e comincia daccapo,
nel luogo in cui l'autunno ha preso possesso dell'anima.

Nessuna domanda laddove ci sono risposte
da senno e da vita condotte.
Vorrei fede di bimbo, senza riserve!
È già troppo tardi se vedi un'ombra parziale.

Meno parole di fronte alla noia.
Meno sguardi, se non sono rivolti all'anima.
Che siano ricompensa per chi
sa apprezzare, per chi aspetta e vuole ascoltare.

Una volta ho promesso a me stessa
di essere lì, dove sono amata.
Solo perché ho capito che
la mia vita è unica e irripetibile

LUCA ARIANO – ЛУКА АРИАНО

Poeta, vive a Parma. Ha pubblicato: *Bagliori crepuscolari nel buio* (Cardano1999), *Bitume d'intorno* (Edizioni del Bradipo 2005), *Contratto a termine* (Farepoesia, 2010), *Qudu*, 2018 (prefazione di Luca Mozzachiodi), nel 2012 per le Edizioni d'If il poema *I Resistenti* (Premio Russo – Mazzacurati), con Carmine De Falco. Nel 2014 per Prospero Editore pubblica l'e-book *La Renault di Aldo Moro* (prefazione di Guido Mattia Gallerani). Nel 2015 per Dot.com.Press-Le Voci della Luna esce *Ero Altrove (*prefazione di Salvatore Ritrovato), finalista al Premio Gozzano 2015. Nel 2021 *La memoria dei senza nome* con l'introduzione di Alberto Bertoni e un'intervista a Luigi Cannillo.

Поэт, живет в Парме. Он опубликовал: «Сумеречные вспышки в темноте» (Cardano1999), Bitume d'intorno (Edizioni del Bradipo, 2005),

«Контракт на срок» (Farepoesia, 2010, Qudu, 2018, с предисловием Луки Моццакиоди), в 2012 году для стихотворения Edizioni d'If. I Resistenza, написанная совместно с Кармином Де Фалько, стала победителем Премио Руссо – Маццакурати. В 2014 году для Prospero Editore опубликовала электронную книгу Альдо Моро «La Renault» с предисловием Гвидо Маттиа Галлерани. В 2015 году для Dot.com.Press-Le Voci della Luna опубликовал Ero Elsewhere с предисловием Сальваторе Ритровато, финалиста Premio Gozzano 2015. В 2016 году для Versante Ripido / LaRecherche.it опубликовал электронную книгу Bitume d'intorno с введение Энеа Роверси. В 2021 году La memoria dei senza nome с представлением Альберто Бертони и интервью Луиджи Каннильо.

Non eri più abituato
a passeggiare…
come quando bambino
dopo una lunga influenza
anelavi a correre in strada
dietro quel pallone.
Non saranno mai i tuoi viali,
il tuo quartiere, troppo solenni
quelle ville Liberty:
non sono certo villette a schiera …
il tuo miope mondo Anni Ottanta.
Non ci sarà tua madre a richiamarti
per cena, tuo padre stanco dal lavoro,
un'altra giornata tra vita e morte
ma sempre sorridente per voi.
Cerchi il suo passo tra caffè chiusi,
portici silenti che videro
baci di commiato al tramonto.
Chissà quando rivedrai spuntare
la sua sagoma dietro marmi millenari,
ora che poche linee di febbre
spaventano come sirene lontane.

Ты отвык от прогулок.
Так долго болевший малыш
Вновь хочет на улицу выйти,
За шаром воздушным бежать.

И вокруг мир чужой.
И не станут твоими — они,
Эти виллы в стиле деко,
И кварталы — светлы, грандиозны —
Далеки от домов бедняков.

Время восьмидесятых прошло,
Мать на ужин уж не позовет,
И не будет отца, что с работы смертельно уставший
Приходил, но тебе улыбался,
Проживая ещё один день между жизнью и смертью.

И теперь ты следы свои ищешь в закрытых кафе,
И в арках молчащих —
Свидетелях тех поцелуев прощальных
В свете заката.

Кто знает, когда ты увидишь её силуэт
В древних мраморных тех галереях —
Сейчас даже тень дарит страх,
Как песни сирен вдалеке.

(Перевод: Юлия Лобачева)

Arriverà quel giorno
– eccome se giungerà –
e nemmeno ti accorgerai,
come hai sempre fatto.
Troppo intento ai libri,
il profumo della carta:
Non sarà un Avvento
e dimenticherai il nome delle strade,
quegli angoli dove speravi,
programmavi, fantasticavi.
A chi regalerai storie?
Si affievoliranno come il ricordo
della sua voce, il suo sorriso
di grandi denti e mani venose.
Non avrai nessuno da far giocare
e la Vigilia una nebbia
che cela balconi addobbati
come nulla fosse,
di ultime code prima della fine.
Farete ancora l'amore lì
forse attendendo il suono delle campane
e la memoria si perderà
in quella chiesa di campagna:
fu dei primi cristiani della zona,
sepolti come martiri dalla Storia.

Этот день настанет, он придет, конечно.
Ты же не заметишь, впрочем, как всегда.
Слишком увлечённый книгами, беспечный,
Запахом бумаги, не ждущий Рождества.

Можешь позабыть ты улицы названья,
Закоулки детства, фантазий и надежд.
А кому подаришь истории, преданья?
Ведь они исчезнут, образуя брешь.

Ты забудешь голос и его улыбку
С крупными зубами, вены на руках.
И играть не сможешь ты ни с кем в избытке,
Праздничный сочельник превратится в прах.

В эти дни туманом город накрывает,
Будто не случилось вовсе ничего.
Яркие балконы в том тумане тают,
Словно в ожиданьи ты перед концом.

Все равно займешься там любовью с кем-то,
Ожидая гулкий звон колоколов.
Память потеряешь, все, что было в детстве,
В деревенской церкви спрячешь на засов.

В церкви той, где жили люди-христиане,
Первые в истории, верные Христу,
Переживших муки, боли и печали.
Здесь похоронили их за правоту.
(Перевод: Виктория Артюшенко)

ЛЕНУШ СЕРДАНА – LENUSH SERDANA

Ленуш Сердана- настоящее имя Елена Сереберцева. Родилась в 1978 году в Пензе, к началу обучения в школе переехала в Кострому. Училась в Костромском Колледже Культуры. Стихи есть в разных направлениях, исключая политику. Имеется несколько переводов и прозаических произведений.

Lenush Serdana è il vero nome di Elena Serebertseva. Nata nel 1978 a Penza, all'inizio dei suoi studi scolastici si è trasferita a Kostroma. Ha studiato al *Kostroma College of Culture*. Le sue poesie trattano temi svariati, esclusa la politica. È autrice di diverse traduzioni e opere in prosa.

Песнь дождя

А дождь нашел все инструменты,
И виртуозно так играл!
Под эти аккомпанементы
Соседский пёсик завывал.

Наверно, он как я проникся
Извечной музыкой дождя,
И с ней грустил, немного злился,
Всех подвываньем доводя.

А дождь играл на всём, что было,
И струйки разрезали тишь,
Немного сонно и уныло,
Ритм задавая кровлей крыш,

Ведро и лейка в огороде,
И бочка, полная воды,
Пакет, горшок цветочный, вроде,
Консервной баночки биты.

Я долго слушала ту песню,
И смысл понятен был без слов,
Ведь как же всё- таки чудесно
Иметь родной свой тёплый кров!

Как из него отрадно слушать
И песнь дождя и вой пурги,
Они поют нам прямо в души:
"Родной очаг свой береги!"

Il canto della pioggia

E la pioggia trovò gli strumenti
per poi virtuosamente suonare!
Su quelle note
il cane del vicino ululava.

Probabilmente, anche lui affascinato
dalla musica eterna della pioggia,
E con lei era triste, un po' arrabbiato,
un ululato che si abbatteva su tutti.

E la pioggia giocava su tutto,
e i rivoli tagliavano il silenzio
uggioso e triste
battendo il ritmo sui tetti.

Un secchio e un annaffiatoio in giardino,
un barile pieno d'acqua,
un sacchetto, un vaso di fiori e
barattoli di latta.

Ho ascoltato a lungo quella canzone
il senso mi era chiaro anche senza parole,
in fondo, che meraviglia
avere il proprio caldo rifugio!

È gioia intensa ascoltare
della pioggia il canto e della bufera l'urlo,
cantano nelle nostre anime:

"*Abbi cura del tuo focolare!*"
Деревенька

Надоедает за год пыльный город,
И яркий свет слепящих фонарей,
И дым, и смог, автомобилей грохот,
Охота на природу поскорей!

С автобуса сойду и деревушка
Теплом своим окутает меня,
И детством пахнет ветхая избушка,
Воспоминания трепетно храня.

Тропинка в поле, словно русый локон,
И с двух сторон зеленый лес стеной,
Родной пейзаж из сердцу милых окон,
До содроганья в памяти со мной...

И колосочки шепчут, как живые,
Под легким дуновеньем ветерка,
Сочны и мягки травы луговые,
Чиста, прозрачна теплая река...

Вальяжно так, кудахтая, гуляют
Непуганые куры во дворе,
И вот их пес заливисто облаял
На радость всей веселой детворе.

Пасется вдалеке коровье стадо,
Пастух присел отведать свой обед...
Здесь торопиться никуда не надо,

Милее уголка на свете нет!

И так приятно каждый раз вернуться
В места непревзойденной красоты,
К истокам своей жизни прикоснуться
В краю, где вырос и родился ты!

Il villaggio

La città polverosa dopo un anno mi annoia,
la luce abbagliante dei lampioni mi acceca
e poi il fumo, lo smog e il rombo delle automobili.
Inseguo la natura appena possibile!

Scendo dall'autobus e il villaggio
mi avvolge con il suo calore,
una capanna fatiscente profuma d'infanzia,
sono cari i ricordi.

Un sentiero nel campo, come un ricciolo biondo,
e su entrambi i lati pareti di verde foresta,
il paesaggio natale dal cuore delle dolci finestre,
è un brivido il ricordo…

E le piccole spighe sussurrano vive
nella brezza leggera,
l'erba dei prati soffice e rorida,
il fiume caldo è pulito e trasparente...

Camminano impettite chiocciando
le galline nel cortile, senza paura
e il cane abbaia forte
per la gioia di tutti i bambini.

Una mandria di mucche pascola in lontananza,
il pastore si è seduto per gustare il suo pranzo.
Non c'è fretta alcuna qui
non c'è più bell'angolo al mondo!

Ed è incantevole tornare ogni volta
in luoghi di bellezza senza pari,
toccare di nuovo le origini della tua vita
nella terra che ti ha cresciuto e dato i natali.

DALILA HIAOUI – ДАЛИЛА ХИАУИ

Poetessa e scrittrice, docente di lingua e cultura araba. Lavora presso un'agenzia delle Nazioni Unite a Roma. Manager della rivista culturale online: *Dar Argana*, collabora con diverse riviste e giornali arabi come opinionista e scrittrice.
Ha pubblicato 47 libri come autrice e co-autrice (poesie, romanzi, una pièce teatrale, storie per bambini), e un manuale di arabo in tre volumi con l'Università Internazionale *UniNettuno*.
Le sue poesie sono tradotte in tredici lingue.

итало - марокканская поэтесса и писательница. В качестве автора и соавтора она имеет 47 публикации на 13 языках. Поэт и писатель. Работает в агентстве ООН в Риме.
Менеджер онлайн журнала культуры: Дар Аргана. Сотрудничает с несколькими арабскими журналами и газетами в качестве обозревателя и писателя. Опубликовано трёхтомное руководство по арабскому языку с Международным университетом Унинеттуно.

Roma

Ogni volta che l'anima viene frantumata
giunge l'amaro dell'addio.
I tempi si sono scrollati di dosso la corazza,
L'arcobaleno imita le sue ali

E il suo splendore mi affascina,
Cantando:
Roma la dolce Roma!

РИМ

Душа разбита на кусочки,
И горек нам прощания час.
Стряхнуло время бронь! И точка.
На крыльях к небу вознеслась.
Заворожили эти крылья
Красивой радугой цветной.
О, Рим! Мой Рим! Здесь нет уныния.
Здесь только счастье и покой!

(Перевод: Фаина Назарова)

Oh mare!

Basta camminare ondeggiando senza considerare
L'irrigidimento dei miei passi,
dei miei tempi, e della mia passeggiata.
Gaeta addormentata, o tu volteggiante
Lungo i miei viaggi
Io sono come te, oh mare!
Ed io sono calma … come la calma dei ribelli
Tesso dal bel tempo abiti per la mia tempesta
Intaglio dalla spuma campanelli
per la mia cavigliera
E talismani per il mio anello e il mio bracciale.
Io sono come te oh mare!
Ricopre le mie guance di timidezza
Il sole ogni volta che desidera visitarmi
O il buio pensa di poter abbracciare
la mia giornata.
Io sono come te oh mare!
Incinta di segreti che il mio cuore
cela ostinatamente
E li nasconde al mio petto e ai miei sguardi
Sebbene tutti esaltino la rimozione del velo.
Io sono come te oh mare!
Le mie onde sono più piccole…
poiché desidero,
Ponti di collegamento per la vicinanza
tra i popoli e le terre
E abbraccio, per l'eternità,
dal profondo della mia tranquillità
Ogni disarmonia che miri

alla mia sublime musicalità
Io sono come te oh mare!
Come te non reprimo neppure le amarezze.

МОРЕ

О, город Гаэта, родная Италия.
Ты рядом со мной, где бы я не прошла.
В той жестокости шага не вижу названия.
Но всё же я путь свой наверно нашла.

Я так же спокойна, как ты моё море!
Хотя и хочу что то я изменить.
При буре и даже хорошей погоде,
Пускай не порвётся та тонкая нить.

Я сети плету, в них вплетаю балберы*,
И кольца на них, как один талисман.
Я точно такая, как ты моё море!
Тебя никому никогда не отдам.

С тобой я и днём, и седыми ночами.
Ты тайны хранишь, где то прячешь на дне.
Я знаю, когда нибудь, перед очами,
Седая волна приоткроет их мне.

Я точно такая, как ты моё море!
Хоть волны и бьются о берег другой.
Мы так же едины, мы рядом с тобою.
И здесь навсегда обрету я покой.

Я горечь стерплю, обниму всех сердечно.
Мы в дружбе с народами будем всегда.
Пусть Вера окрепнет и будет навечно.
А с ней не страшна никакая беда.
(Перевод: Фаина Назарова)

*Балберы - поплавки

ВИКТОРИЯ АРТЮШЕНКО
– VICTORIA ARTYUSHENKO

Постоянный участник выступлений и конкурсов сообщества "Синий мост", ежегодный участник Книжных аллей, финалист Большого международного поэтического фестиваля Поэтфест-2019, участник Книжного маяка 2022 и 2023, поэт-международник с сертификатом издательства "Ukiyoto Publishing", переводит стихотворения авторов разных стран, дипломант конкурса-фестиваля исторической поэзии " Холодный ручей", постоянный участник и победитель конкурсов сообщества "Лист" ВК, лауреат открытого международного фестиваля искусств "Красота спасает мир". Организатор поэтически-музыкального квартирника. Автор сборников "Смотри в меня" и "Там за горизонтом", её стихотворения выпущены в сборниках " Проба пера металлургов ", русско-

вьетнамский сборник " Рассвет", российско-
сербский сборник "Дружба", сборник "Мелодия
пера и кисти" Сообщества "Лист". Член
Ленинградского рок-клуба, участник радиосказок
Натальи Пекарж, мастер озвучки, участник
проекта " Поэты живут". Огненная, яркая,
искренняя, эмоциональная, отзывчивая и
настоящая.

Poeta e traduttrice, partecipa regolarmente a spettacoli e concorsi della comunità *Blue Bridge* e *Book Alleys*. I suoi riconoscimenti: finalista *Great International Poetry Festival Poetfest-2019*. Ha ricevuto un certificato dalla casa editrice Ukiyoto per le sue poesie; vincitrice del diploma di poesia storica *Cold Stream*, dei concorsi della comunità *VK List*, del festival d'arte internazionale "La Bellezza salva il mondo". Autrice di diverse raccolte di poesie. Le sue poesie sono state pubblicate in diverse antologie internazionali. Membro del Rock Club di Leningrado, maestra di recitazione, ha preso parte al progetto "Poeti dal vivo". Si definisce brillante, sincera, emotiva.

Жертвуя собой

Пылающим сердцем кипит из граната браслет.
И в пламени этом сгорают мечты и желанья.
Я с Вами быть счастлив хотел, посылая признанья,
Но в общем не ждал я взаимности Вашей в ответ.

А море плескалось вокруг резеды ароматом.
Бетховен сонату вторую для Вас написал.
И розовый куст измельчавший в саду у ограды
Как будто, вздыхая, грустил и меня провожал.

Семь лет я писал Вам записки, страдая и плача.
Любви безответной мучителен сладостный плен.
И в память о ней подарил я браслет на удачу,
И камни горели кровавым огнём перемен.

Вы замужем. Вот же насмешка судьбы роковая.
И мужу верна, хоть и нет между вами любви.
И лишь после смерти моей Вы поймете, родная,
Каким светлым чувством когда-то Ваш путь озарил.

И в дар небесам и Божественной Деве Марии
Семейную ценность, что Вы отказались принять
Я отдал легко. И не буду Вас мучить отныне.
И писем навязчивых больше не стану писать.

Не плачьте у гроба, к чему разрывать своё сердце.
Ведь я лишь хотел непорочной и чистой любви.
В страну нежных чувств я открытой оставил Вам дверцу.
Простите. Люблю. Ухожу. Навсегда. Се ля ви.

Sacrificio

Un braccialetto di granato freme di un cuore fiammeggiante.
E sogni e desideri bruciano nella sua fiamma.
Volevo essere felice con te inviandoti le mie confessioni,
ma non mi aspettavo che tu mi ricambiassi.

E il mare spargeva profumo di reseda.
Beethoven ha scritto per te la seconda sonata.
E un cespuglio di rose sminuzzate nel giardino accanto al recinto
come me sembrava sospirasse e accompagnava la mia tristezza.

Per sette anni ti ho scritto, soffrendo e piangendo.
L'amore non corrisposto è tormento di dolce prigionia.
E per ricordo, ti regalai un braccialetto portafortuna,
e le pietre bruciavano nel fuoco sanguinante del cambiamento.

Sei sposata. Ecco la fatale beffa del destino.
Fedele a tuo marito, anche se non c'è amore tra voi.
Solo dopo la mia morte capirai, mia cara,
quale sentimento luminoso ha illuminato un tempo il tuo cammino.

E come dono al cielo e alla Divina Vergine Maria
il valore della famiglia che tu hai rifiutato di accettare

io ho lasciato andare facilmente. D'ora in poi non ti tormenterò.
Più non scriverò più lettere invadenti.

Non piangere sulla mia tomba, perché strapparti il cuore.
Dopo tutto, volevo solo un amore immacolato e puro.
Ti ho lasciato aperta la porta nella terra della tenerezza.
Perdonami. Amore. Io vado. Per sempre. *C'est la vie.*

Аромат орхидей

Плавная линия талии,
Тонкий с горбинкою нос.
Где ты, голубка усталая?
Помню красу твоих кос.

Руки- крыло лебединое,
Голос - мелодия струн.
Брошью на платье старинною
Сладко свернулся июнь.

Взгляд твой насмешливо- маковый,
В серых глубинах - искра.
В белой перчатке лаковой
Роза шипасто-остра.

Помнишь, кружился над берегом
Белый пуховый платок?
Веткой усталого дерева
Сорван в полёт на восток.

Ты хохотала и плакала
По Оренбургским степям,
Ветру же все одинаково:
Шали гонять или хлам.

Где ты теперь, ненаглядная?
Вдаль тебя поезд увёз.
Воспоминанье отрадное-

Лёгкий твой стан средь берёз.

Помнить я буду свидания
С привкусом вешних дождей.
Шёлковой кожи касание,
И аромат орхидей.

23.06.23

Il profumo delle orchidee

Un girovita sinuoso,
un naso sottile e adunco.
dove sei, colomba stanca?
Ricordo la bellezza delle tue trecce.

Sono ali di cigno le tue mani,
la voce è melodia di corde.
Una spilla su un abito antico
dolce ricciolo di giugno.

Il tuo sguardo è beffardo papavero,
c'è una scintilla nelle profondità grigie.
In un guanto laccato di bianco
una rosa con spine acuminate.

Ricordi, volteggiante sulla riva del mare
uno scialle bianco di piume?
Il ramo di un albero stanco
in volo verso est.

Ridevi e piangevi
lungo le steppe di Orenburg,
il vento è sempre lo stesso:
che soffi via scialli o spazzatura.

Dove sei ora, tesoro?
Il treno ti ha portato lontano.
Un ricordo gioioso -
la tua figura leggera tra le betulle.

Ricorderò ogni appuntamento
con il sapore delle piogge di primavera.
il tocco di pelle di seta
e il profumo delle orchidee.

ENZO BACCA – ЭНЦО БАККА

Appassionato di Belle Arti, Letteratura e Storia, illustratore, autore di testi teatrali e libri in versi di poesia civile e denuncia sociale, ha vinto numerosi premi in concorsi letterari nazionali e internazionali.

Автор увлеченный изобразительным искусством, литературой и историей. Иллюстратор, автор пьес и мнгих сборников с тематикой гражданской поэзии и социальной денонсации. Он получил множество наград на национальных и международных литературных конкурсах.

Un ramo sul fiume

Impetuoso questo fiume cobalto
che s'insinua tra casolari diroccati
fino al mulino della temperanza.
C'è ancora quel vecchio mugnaio
che tira acqua di braccia
saltando di brocca in brocca
nella ruota di frassino.
Ultimo, forse.
Così il mio cuore leggero
s'allatta a quell'unico ramo fino alla valle.
Mio nonno era mugnaio, mastino
forte come un'ossessione.
Non c'è più da quarant'anni e passa.
Il mio ramo fragile è forte sul fiume cobalto.
Fiore di pietra incastonato alla corteccia
sensazione shock che solo poesia può dare.

Ветвь на реке

Цвета кобальта полоса
Вдоль разрушенных изб течёт.
Мимо мельницы, снизив ход -
То сердитой реки коса.

Старый мельник живёт один,
Из кувшина в кувшин льет
Бесконечный водоворот.
Он последний здесь господин.

Дед мой мельником тоже был,
Сильным как никто и нигде.
И за эту ветвь на воде
Я цепляюсь изо всех сил.

Деда нет уже сорок лет,
Но крепка моя ветвь на реке.
Как из камня цветок вдалеке,
Скрытый в сердце поэта след.

(Перевод: Виктории Артюшенко)

НАЗАРОВА ФАИНА – NAZAROVA FAINA

Я, Назарова Фаина Борисовна, родилась 15 сентября 1968 года. По окончании школы, поступила в Боровичский педколледж. Окончив его, стала работать воспитателем в детском саду. Через 33 года ушла на заслуженный отдых. Издала 4 сборника стихов, печатаюсь в коллективных сборниках. Стихи- это как жизнь с множеством открытий. Каждый раз открываешь для себя что-то новое.

Nazarova Faina Borisovna è nata il 15 settembre 1968. Dopo il diploma, è entrata al Collegio Pedagogico di Borovichi. Ha quindi iniziato a lavorare come insegnante di scuola materna. Dopo 33 anni, si è concessa un meritato riposo. Ha pubblicato quattro raccolte di poesie in raccolte collettive. Motto: "*La* *poesia è come una vita con molte scoperte. Ogni volta si svela qualcosa di nuovo."*

Капелька росы

Капелька росы, хрусталь на ветках
Неземная в общем-то то краса
Капелька росы, дождя соседка
Украшает поле и леса.

Ранним утром в тишине рассвета
Пробегусь по полю я босой.
Мне росинки нежно шлют приветы
Лёгкой и прозрачною водой.

Я умоюсь этой свежей влагой,
И прилягу в мокрую траву
Мне другого счастья и не надо
Я всем сердцем этот край люблю.

Солнце всходит. Тают незаметно
Нежные хрусталики воды.
Пусть они для многих неприметны
Но они так искренне чисты!

Una goccia di rugiada

Una goccia di rugiada, cristallo sui rami
bellezza non terrena
una goccia di rugiada, amica della pioggia
decora i campi e le foreste.

La mattina presto nel silenzio dell'alba
corro per il campo a piedi nudi.
Le gocce di rugiada mi salutano con tenerezza
acqua leggera e limpida.

Mi laverò il viso con questa fresca rugiada
e mi sdraierò sull'erba bagnata.
Non ho bisogno di altra felicità
amo questa terra con tutto il cuore.

Il sole sta sorgendo. Si sciolgono impercettibilmente
delicati cristalli d'acqua.
Invisibili a molti
così sinceramente puri.

***

На землю тихо падал снег,
Легко и трепетно кружился.
Под звуки скрипки в этот час
На землю мягко он ложился.

Чуть-чуть поодаль сто огней
Вдруг осветили храм искусства.
А необычный мир теней
Внимал мелодию о чувствах.

На скрипке, струн едва касаясь,
Играла девушка одна.
Людей ни капли не смущаясь,
Творила музыку она.

А снег кружился в ритмах вальса
С холодным ветром и пургой.
И замер мир завороженно,
От этой сказки не земной.

Все звуки ввысь летели плавно
И растворялись в небесах.
Ведь в скрипке есть большая тайна,
Она исчезла в облаках.

La neve cadeva dolcemente sul terreno,
leggera e tremolante volteggiava
al suono di un violino
si posò dolcemente a terra.

Un po' più lontano, un centinaio di luci
improvvisamente illuminarono il tempio dell'arte.
Un insolito mondo di ombre
ascoltava la melodia dei sentimenti.

Sul violino, sfiorando appena le corde,
la ragazza suonava da sola.
Senza disturbare le persone
lei creava musica.

E la neve vorticava nel ritmo di un valzer
con vento freddo e bufera di neve.
E il mondo restò fermo incantato
da questa fiaba non terrena.

Tutti i suoni volarono in alto
e scomparvero nel cielo.
C'è un grande segreto nel violino,
dissolto tra le nuvole

ELISABETTA BAGLI – ЭЛИЗАБЕТТА БАГЛИ

Nata a Roma nel 1970, dal 2002 vive a Madrid. Scrive poesie, racconti e fiabe. Ha fondato l'associazione *Latium*, di cui è presidente.

Родилась в Риме в 1970 году, с 2002 года живет в Мадриде. Пишет стихи, рассказы и сказки. Она основала Ассоциацию «Latium», президентом которой она и является в настоящее время.

Mille forme

Mi sono fatta aria
per seguirti,
ho preso mille forme
per vestire i tuoi giorni.
Ora sono la brezza
che spira sull'erba,
l'alba e il tramonto
e il profumo dei fiori.
Sono la luce
che vibra nella mente
e la paura che ha vinto
la morte.
Mi vedrai negli arcobaleni
e in mille voli di colombe,
nelle gocce di pura sorgente
che imperlano la mia terra.
Ti guarderai allo specchio
e mi vedrai sulle tue labbra,
accenderò il sorriso
di quel sole nero
che ora vive in te.

Тысяча форм

Я стал воздухом, чтобы идти за тобой,
Принял множество форм, украшая твой день.
Вот я ветер, играющий с мягкой травой,
Я- восход и закат, и цветов полутень.

Резонирую светом в сознаньи твоем,
Буду трепетным страхом, что смерть победил.
Разглядишь меня в радуге солнечным днём,
В голубином полёте из множества крыл.

В каплях чистых фонтанов меня ты найдешь,
Покрываю я жемчугом землю мою.
Молча к зеркалу ты неспеша подойдешь,
И увидишь, улыбку легко я зажгу.

На губах Чёрным солнцем она расцветет,
Это то, что в тебе теперь вечно живет.

(Перевод: Виктория Артюшенко)

АЛЕКСАНДР КЛЮКВИН – ALEXANDER KLYUKVIN

Печатался в изданиях "Наследие" (учреждён Российским Императорским Домом), "Dovlatoff" (международный), "Поэзия северной столицы", "Невский альманах", "Русская строка", "Евразия" (международный), "Антология русской литературы XXI века", "Русский колокол", "Поэт года", "Георгиевская лента", "Русь моя". Член Ленинградского рок-клуба (Санкт-Петербург), член Клуба песни "Высота" (Санкт-Петербург). Регулярный участник Литературной гостиной ЛитО "Синий мост" и чтений на "Книжных аллеях" в Санкт-Петербурге. Организатор музыкально-поэтического фестиваля "Пульс города" (Выборг).

Membro di: *Russian Heritage* (istituito dalla Casa Imperiale russa), *Dovlatoff* (internazionale), *Poesia della Capitale del Nord, Almanacco Nevskij, Russian String, Eurasia* (internazionale), *Antologia della letteratura russa del XXI secolo, Russian Bell*, Poeta dell'anno, "*Nastro di San Giorgio*", "*La mia Russia*". Membro del *Leningrad Rock Club* (San Pietroburgo), membro del Club della canzone "*Height*" (San Pietroburgo). Partecipa regolarmente al salotto letterario "*Ponte blu*" di LitO e alle letture nei "*vicoli del libro*" di San Pietroburgo. Organizzatore del festival musicale e poetico "*Pulse of the City*" (Vyborg).

От расхристанной души

Рассупонюсь я навстречу солнышку
Да пойду вслед за взором расхристанный.
Я пойду по бескрайнему полюшку,
Разбудив смехом воздух несвистанный.

Разольётся мой глас кличем благости
По колосьям, что налиты золотом.
В обуявшей меня светлой радости
Кулаком по груди словно молотом.

Не сыскать мне в заморских угодиях
Чем-то схожее с этим раздолие.
Только здесь в соловьиных мелодиях
Гоже чуять родное приволие.

Только здесь небеса дюже синие,
Как в лугах васильки благородные.
И берёзок стволы будто в инее
До волнения сердцу угодные -

Давят слёзы из глаз окаянные,
Но не те, что роняют от горести.
Величавости див первозданные
Прорастают в душе древом гордости.

Уповая на заповедь божию,
Я молюсь за неё, за родимую:
Сохрани для потомков пригожую,
Защити от напастей любимую.

Огради от любого чудовища,
Чтобы не посягнула негодина.
Она паче любого сокровища,
Она паче всего, моя Родина!

Da un'anima a brandelli

Allargherò le braccia verso il sole
sì, seguirò il mio sguardo scomposto.
Camminerò attraverso il campo infinito,
svegliando l'aria senza fiato con una risata.

La mia voce si diffonderà con grida di bontà
tra spighe dorate.
Nella gioia luminosa che mi avvolge
mi colpirò il petto come un martello.

Non troverò nelle terre d'oltremare
qualcosa di simile a questa distesa.
Solo qui, nelle melodie dell'usignolo
sento il profumo di libertà della mia patria.

Solo qui i cieli sono di un azzurro intenso,
come nei prati, i nobili fiordalisi.
E i tronchi delle betulle sembrano ricoperti di brina
piacevoli fino all'emozione.

Lacrime maledette scendono dagli occhi,
ma non quelle che cadono per il dolore.
La maestosità della natura vergine
fa germogliare nell'anima un albero di orgoglio.

Confidando nel comandamento di Dio,
prego per Lei, per la mia cara:
salvatela per i posteri
tutelate la mia amata da ogni avversità

proteggetela da ogni mostro,
ché il male non la tocchi.
Lei è più di qualsiasi tesoro,
soprattutto, è la mia Patria!

Ода России

Пышно стелется зелень коврами,
Растворяясь неспешно вдали.
То лесами цветёт, то лугами,
В благодарность просторам земли.

Свежескошенных трав ароматы
Заставляют чуть глубже дышать.
Песне клевера с нотками мяты
Не устанет душа подпевать.

Разольется сердечной балладой
Созерцанье пейзажей родных.
В них и гордость моя, и отрада,
И торжественность истин простых.

Шелестят ли тревожно берёзы,
Прогибаясь под силой ветров.
Или майские буйствуют грозы
Словно искры гигантских костров -

В одинаковом трепете буду
Восторгаться величием мест,
Где Господь завещал сбыться чуду
И природу посеял окрест.

Будь то воды реки безымянной
Или золото хлебных полей.
Будь то краски весны долгожданной
Или краски осенних аллей -

Невозможно насытить красою
Благодарные Богу глаза.
Лишь дрожит в них невольной слезою
Вековечных небес бирюза.

Оставайся же кладезем света,
Береги все родные края.
Процветанья и долгие лета!
Будь здорова, Россия моя!

Inno alla Russia

I tappeti verdi si estendono rigogliosi
dissolvendosi lentamente in lontananza.
Fiorisce di foreste, poi di prati,
in segno di gratitudine per la vastità della terra.
Profumi di erbe aromatiche appena tagliate
fanno respirare un po' più a fondo.
Un canto di trifoglio con note di menta che
l'anima non si stanca di cantare.

Sarà una ballata sincera
contemplando i paesaggi nativi.
Sono il mio orgoglio e la mia gioia
e la solennità di semplici verità.

Sussurrano inquiete le betulle,
piegandosi sotto la forza dei venti.
O forse infuriano i temporali di maggio
come scintille di giganteschi falò.

Avrò lo stesso stupore
ammirerò la grandiosità dei luoghi,
dove il Signore ha lasciato che si realizzasse un miracolo
e ha seminato la natura tutto intorno.

Che siano le acque di un fiume senza nome
o l'oro dei campi di grano.
Che siano i colori della tanto attesa primavera
o i toni dei vicoli d'autunno -

È impossibile saziarsi di bellezza
gli occhi sono grati a Dio.
In essi trema solo una lacrima involontaria di
eterni cieli turchesi.

Resta dunque un tesoro di luce,
abbi cura di tutte le tue terre natie.
Prosperità e lunga vita!
Stai bene, mia Russia!

ESTER CECERE – ЭСТЕР ЧЕЧЕРЕ

È nata a Taranto (Italia) il 30/4/1958, dove vive e lavora come ricercatrice presso il Consiglio Nazionale di Ricerca, dipartimento di Biologia Marina. È autrice di molti libri di poesía racconti, fiabe e saggi scientifici.

Она родилась в Таранто (Италия) 30/4/1958, где живет и работает научным сотрудником в Национальном совете по исследованиям, в отделе морской биологии. Она является автором многих поэтических книг, рассказов, сказок и научных эссе.

La pelle è un vestito

La pelle è un vestito.
Chiaro punteggiato da efelidi,
s'indossa fra nordici fiordi,
profuma d'abeti innevati,
si tinge di boreali colori.
Mediterranee le genti,
usano quello olivastro.
Ricorda gli ulivi maestosi,
la secca e brulla campagna,
lucertole negli anfratti ombrosi.
Tanti lo portano ambrato,
a volte tendente al marrone.
É spolverato
di soffice sabbia dal ghibli,
di rossa arenaria di templi,
di gocciole aeree d'atolli.
Nero lo indossano in molti,
lucido o opaco sui volti,
da bianche perle illuminato
s'ispira all'ebano pregiato.
É adatto a gialle savane,
a imponenti sacri baobab.
Protegge il vestito,
scattanti o deboli muscoli,
di cartilagini e tendini intrecci,
di vene lo stesso dedalo,
che il sangue convogliano al cuore.

Sempre
rosso è del sangue il colore.
Sempre
salato è delle lacrime il sapore.
Qualunque sia del vestito il colore...

Кожа - это платье

Кожа - это платье.
светлое, усеянное веснушками.
Такие носят среди скандинавских фьордов,
они пахнут высокими заснеженными елями,
и окрашены в холодные цвета.

Жители Средиземноморья,
одеваются в оливковые цвета.
Они напоминает величественную силу,
сухую, бесплодную сельскую местность,
ящериц в укромных уголках.

Некоторые люди носят янтарное платье,
Которое иногда может стать и коричневатым.
Его посыпают песком пустыни Гибли,
красным песчаником из храмов,
воздушными каплями с атоллов.

Многие используют черное платье,
люди с блестящими или матовыми лицами -
белыми жемчужинами, освещенными,
подчёркнутые драгоценным черным деревом.

Этот цвет подходит желтым саваннам
с внушительными священными баобабами.
Платье всегда защищает
пульсирующие или слабые мышцы,
хрящи и сухожилия, переплетенные между собой.
Вены - запутанный лабиринт,
по которому кровь поступает к сердцу.

Всегда
Красный - цвет крови.
Всегда
соленый - это вкус слез.
Какого бы цвета ни было платье...

(Перевод: Лера Лиссова)

ВЛАДИМИР ВАСИЛЬЕВСКИЙ – VLADIMIR VASILEVSKY

Петербургский поэт и прозаик. Состоит в рядах Российского Союза Писателей (РСП). Основал поэтический клуб "Северные полмира". Издал одноименный сборник поэзии. Выступает на различных площадках Петербурга с чтением своих стихов и прозы. За вклад в русскую литературу награжден Президиумом РСП медалями "Александр Пушкин" и "Владимир Маяковский".

Poeta e romanziere di San Pietroburgo. È membro dell'Unione russa degli scrittori (RMSP). Ha fondato il club di poesia "*La metà settentrionale del mondo*". Ha pubblicato l'omonima raccolta di poesie. Si esibisce in vari locali di San Pietroburgo con letture delle sue poesie e della sua prosa. Per il suo contributo alla letteratura russa, è stato insignito delle *medaglie Alexander Pushkin e Vladimir Mayakovsky* dal Presidium della RSPP.

Аэропорт. Пейзаж.

Вальяжно
 сидишь.
Демонстративно.
 Лишь
Потягиваешь свой
 "по-турецки".
Да учишь, -
 школишь
 санскрит.

Понял: летишь ...
Взрывы эмоций,
Слезы - позади...

Позади тебя,
 за столиком,
Представитель
 спецслужб.
Чужих.

В штатском -
 сан скрыт.
Выдают -
 протокольный
Фейс
 и черный
 новенький
Кейс.

Открыт
 лишь
 лист газеты.
Микс:
 Усама бен Ладан,
Спринтер
 Усейн Болт,
Чей-то победный -
 гол.

Встаешь.
 И взглядом -
Как кистью руки,-
 Наотмашь...

Идешь.
 Не медля.
А я ...
 остаюсь.
Пустой,
 как твой
Допитый стакан
 коктейля.

Aeroporto. Paesaggio.

Sei seduto in modo solenne
quasi esemplare
sorseggiando il tuo caffè
alla turca.
Sì, insegni
Sanscrito.
E vai a scuola.

Ho capito: stai volando ...
esplosioni di emozioni,
le lacrime sono il passato...

Dietro
di te,
al tavolo,
un rappresentante
dei servizi segreti.
Stranieri.

In abiti civili -
celato è il suo rango.
Rilasciano visti-protocollo.
il volto del nuovo arrivato è coperto.

Soltanto
è aperto
un foglio di giornale
si mescolano notizie:

Osama bin Laden,
il velocista
Usain Bolt,
qualcuno sta vincendo
è l'obiettivo.

Ti alzi.
e osservi...
un movimento della mano -
di sfuggita... un rovescio ?

Te ne vai.
Senza esitare.
Mentre io...
rimango.
Vuoto,
come il
calice vuoto del
tuo cocktail.

Петербург. Весенняя ночь.

Как же любить Вас, Петербург,
Когда так пасмурно и сыро?
И ветер режет, как хирург,
Лед на Неве. В кромешных дырах

Весь небосвод, когда туман
В ночи спускается на город.
И горе, если ты - профан
В мостах, и сам себе не дорог.

Они давно разведены,
И о метро ты вспомнил поздно.
Как грозно - а едва видны -
Атланты выступают розно.

Шагни, шагни, и ты - пропал!
Гром голосов убьет, как выстрел.
Как быстро падает портал!
Ах!.. Страх опал. Как плод он выспел.

Что там, направо, за углом?
Мелькает грустная улыбка,
И зыбко речь, и свист, как стон,
Цилиндр, трость, легко и гибко

В коляску тень метнулась. - Он!
"Да что ж так пасмурно и сыро!"-
И, угасая, словно сон -
"Пошел! Пошел! Гони на Выру!"

О, роковая Натали!
Порочный бесноватый Геккерн!
Керн, лучше б вы, чем гей-павлин,
Французский беспардонный нехер...

Но что со мной? Я заплутал.
В туман забрел не в те пределы,
В уделы прошлых лет. Пропал!
О, белый день, о, люди, где вы?!

Да нет. Вон гонят братаны
Свои крутые мерседесы.
Профессоры от Сатаны.-
"Эй, пацаны!"- Конкретно, бесы.

Чу, что за звук вон там, внизу?
В гранит волной стучится лодка.
Там водкой хлыщ поит княжну,
И охмелевшая молодка

Хохочет, как в последний раз.-
"Пустите! Как темно и сыро!"
Проныра комиссар маразм
Чужих идей, не вняв, натырил

И мародерствует, посконь,
Дворянской плоти алчет хавать.
О, хамы! Вечности огонь
Вам не искупит вашей славы.

Что?! Я на площади Искусств?
Да! Вон смятенный Маяковский,
Полонской бредя (Брик - искус),

Бредет в "Собаку" через Невский.

Красавец. Исполин. Инфант!
И вы запутались в пространствах.
Вам бы о стансах... В вас, фанат,
Пел демон в наведенных трансах.

Увы! Очнулись, наконец.
И, оглядевшись, оробели.
А Брики пели вам венец.
И... грянул, каясь, парабеллум.

Светает. Или фонари.
Снег сквозь туман кружит и тает.
Витает мысль: "За ним! Умри!"
Но нет! Некстати. Пусть светает

Да, брезжит. Нет. Не фонари.
Прохожие зонтами бычат.
Обычный день. Как фон. Внутри -
Дела, озноб, печаль. И - вычет.

В тумане движутся дома,
По улицам - железа реки.
Вот треки площадей. Одна
Нева пуста. И лед. Навеки...

Погода, как порочный круг.
Туман в дождя потоки вырос.
Как же любить Вас, Петербург,
Когда так пасмурно и сыро?

Как не любить Вас, Петербург!

Pietroburgo. Notte di primavera.

Come posso amarti, Pietroburgo,
quando qui tutto è umido e nebbioso?
E il vento taglia come un chirurgo
il ghiaccio sulla Neva. Il cielo è pieno di buchi neri
come la pece.

L'intero firmamento quando la nebbia
scende di notte sulla città.
E guai se sei profano fra i ponti e
non caro a te stesso.

Distanti da tempo
troppo tardi ti sei ricordato della metropolitana.
Minacciose - e appena visibili -
le antiche statue di Atlantide incombono ostili.

Un passo, un passo e sei andato!
Il tuono delle voci ti colpirà come un colpo di pistola.
Velocemente sta crollando il portale!
Ah!... La paura è caduta. Come frutto maturo.

Cosa c'è lì, a destra, dietro l'angolo?
Un sorriso triste lampeggia
la parola è incerta, è gemito il sibilo,
un cilindro, un bastone, leggero e flessibile.

Un'ombra al volo sfreccia nella carrozza. – È lui!
"Perché tante nuvole uggiose!". -
Poi svanendo in un sogno -

"Andiamo! Andiamo! Dirigiti verso l'uscita!"

Oh, fatale Natalia. *
Vizioso, demoniaco Nobile Gekkern! **
Preferisco te a uno spudorato, vanitoso gay
francese senza vergogna...

Ma di me che ne sarà? Mi sono perso.
Ho vagato nella nebbia nei confini sbagliati,
nei destini degli anni passati. Perduto!
Oh, giornata grandiosa, oh, gente, dove siete?!

Non proprio. Arrivano i fratelli
guidano le loro Mercedes da schianto.
I professori di Satana.
"Ehi, ragazzi!" - Nello specifico, demoni.

Cos'è quel rumore laggiù?
Una barca batte con l'onda sul granito.
C'è uno stupido che versa vodka alla principessa,
una giovane donna ubriaca

ride come se fosse l'ultima volta.
"Lasciatemi andare! è buio e umido!"
Il commissario subdolo nel marasma ha rubato
idee altrui, senza prestarvi ascolto.

E saccheggia a briglie sciolte
desideroso di divorare carne nobile
oh, villani! Il fuoco dell'eternità
non redimerà la vostra gloria

Cosa? Sono nella Piazza delle Arti?
Sì! Ecco il confuso Mayakovsky,
Polonsky che vaneggia (la *Brick Art*) ***
vaga verso il "*Собаку*" passando per la Nevskij.

Bello. Un gigante. Infante!
E tu sei confuso negli spazi.
Dovresti parlare delle strofe... In te, ammiratore,
il demone cantava come in trance.

Ahimè! Finalmente ti sei svegliato
e, guardandoti intorno, hai avuto timore.
E i mattoni cantavano la tua corona.
E... la pistola fece fuoco.

Si fa giorno. O sono lanterne.
La neve turbina e si scioglie nella nebbia.
Un pensiero aleggia: "Dopo di lui! Muori!"
Ma no! Non è giusto. Lascia che arrivi la luce

Sì, sta albeggiando. No, non sono le lanterne.
I passanti scuotono gli ombrelli.
Un giorno qualunque. Come sfondo. All'interno -
Affari, brividi, tristezza ... e - detrazione.

Le case si muovono nella nebbia,
Per le strade - il ferro del fiume.
Ecco le tracce delle piazze.
La Neva è vuota. E il ghiaccio. Per sempre...

Il tempo è come un circolo vizioso.
La nebbia nei rivoli di pioggia è cresciuta.
Come amarti, Pietroburgo,
quando qui tutto è umido e nebbioso?

***Natalia** moglie di Alexander Pushkin, presunta amante di Georges d'Anthès*
*** riferimento a Georges d'Anthès, noto anche come Dantes-**Gekkern**, che uccise l'autore russo Alexander Pushkin in un duello*
*** Lo "stile mattone" nell'opera creativa degli architetti dell'Estremo Oriente russo (seconda metà del XIX - inizio del XX secolo)

LIDIA CHIARELLI – ЛИДИЯ ЧИАРЕЛЛИ

Lidia Chiarelli (Torino). Scrittrice e artista, co-fondatrice, con Aeronwy Thomas, del movimento artistico e letterario *Immagine & Poesia* (2007). Poeta pluripremiata. Sei *nomination* al Premio *Pushcart*, USA. *Medaglia delle Arti Letterarie* (NY) 2020. *Targa del vincitore* KEL 2022. Le sue poesie sono tradotte e pubblicate in molteplici lingue.

https://lidiachiarelli.jimdofree.com/
https://lidiachiarelliart.jimdofree.com/
https://immaginepoesia.jimdofree.com/

Лидия Чиарелли (Турин, Италия). Писательница и художница, соучредительница, совместно с Аэронви Томас, художественно-литературного движения Immagine & Poesia (2007). Поэтесса, удостоенная наград. Шесть номинаций

на премию Pushcart Prize, США. Медаль в области литературного искусства (Нью-Йорк) 2020. Мемориальная доска лауреата KEL 2022. Ее стихи переведены и опубликованы на многих языках.
https://lidiachiarelli.jimdofree.com/
https://lidiachiarelliart.jimdofree.com/
https://immaginepoesia.jimdofree.com/

IL GIARDINO INCANTATO
(Giardino di Italia 61 a Torino)

E poi furono le luci
che si accesero lentamente
nel giardino dai mille colori.
Si accesero sulle pietre dei sentieri
sui petali dei tulipani
sull'acqua delle fontane
accarezzate da una leggera brezza.
Le luci si accesero per me
sottili fragranze mi avvolsero
nel silenzio della notte

mentre le bandiere diventavano le forme variegate

di un quadro incompleto.

Un insieme di vecchi ricordi che oggi si ricompongono
mentre stringo tra le dita l'ultima, appassita rosa di maggio.

(in memoria di mio padre, Guido Chiarelli, pioniere dell'illuminazione pubblica
per il 150° anniversario dell'Unità d'Italia-maggio 2011
https://en.wikipedia.org/wiki/Guido_Chiarelli)

ЗАКОЛДОВАННЫЙ САД

(Italia 61 Garden в Турине)

Зажигаются огни
в саду тысячи цветов,
И играют на дорожках
 и струях от фонтанов,

На камнях и на тюльпанах,
Всюду, как роза ветров,
Дополняют ароматы,
Сквозь сплошной ночной покров.

Тишина над сонным садом,
Скрылись пестрые цветы,
И остались только формы,
Полуночной картины.

Это мое скопление старых воспоминаний, которые сегодня складываются
заново, пока я крепко сжимаю в пальцах последнюю сухую майскую розу.

(Перевод: Александр Кабишев)

(в память о моем отце, Гвидо Кьярелли, пионере общественного освещения
к 150-летию объединения Италии - май 2011 года
https://en.wikipedia.org/wiki/Guido_Chiarelli)

Passeggiata in spiaggia a Sanremo
"Eravamo insieme. Ho dimenticato il resto"
Walt Whitman

Forte e secco il vento di Maestrale
increspava l'acqua blu cobalto
i gabbiani inventavano
spirali di luce
nel pomeriggio assolato.
Abbiamo respirato
il sapore salato del mare
- i nostri occhi persi nell'orizzonte lontano.
Sulla sabbia impalpabile
improvvisi sogni di felicità
ci hanno sfiorato
con leggerezza.

Прогулка по пляжу в Сан-Ремо
"Мы были вместе. Я забыл остальное".
Уолт Уитмен

Сильный ветер Мистраля
Рябил темно-синюю мглу,
Чайки рисуя спирали,
Ныряли в морскую волну…

Полдень…
Столб света из неба,
Раскрыл горизонты для глаз,
И привкус соленого моря,
С каждым вздохом преследовал нас.

На неосязаемом поле,
Песка и камней из глубин
Счастье, мечты нас коснулись,
И убежали к другим…

(Перевод: Александр Кабишев)

НАТАЛЬЯ ПЕКАРЖ – NATALIA PEKARZH

Родилась в 1975 году в Санкт-Петербурге. Образование психолога способствовало активному литературному творчеству, в котором прослеживается тематическая многоплановость и работа в самых разных направлениях и стилях. Наталья Пекарж – автор справочника в жанре популярной психологии, любовных романов, основанных на реальных событиях, пьес-сказок в стихах для детей и взрослых. Пишет песни и поздравления в стихах, сценарии к спектаклям и радиопрограммам. Переводит поэзию с вьетнамского, китайского, киргизского и сербского языков.

Выступает на различных поэтических площадках. Член жюри литературных конкурсов, лауреат международных фестивалей «Мгинские мосты» и «Я только малость объясню в стихе».

«О сложном просто, о простом красиво», – девиз автора.

Nata nel 1975 a San Pietroburgo. La sua formazione di psicologa ha contribuito a un'attiva creatività letteraria, con diverse tematiche e varietà di direzioni e stili. **Natalia Pekarzh** è autrice di un libro di psicologia, di romanzi d'amore basati su eventi reali, di fiabe in versi per bambini e adulti. Scrive canzoni e auguri in versi, sceneggiature per opere teatrali e programmi radiofonici. Traduce poesie dal vietnamita, dal cinese, dal kirghiso e dal serbo. Si esibisce in vari incontri di poesia. Membro di giuria di concorsi letterari, vincitrice dei festival internazionale "*Mginsky Bridges*".

"La complessità è semplice, la semplicità è bella", è il motto dell'autrice.

Мамина любовь

Она вздыхает глубоко…
От мыслей снова ей не спится…
Мышиная возня клубков,
Мелькают в раскадровке спицы,

Змеится всё длиннее шарф,
Чтоб шейку нежную укутать.
И кажется, что дочь – жираф.
Так много ниток в эти путы…

Её любовь почти нема,
Но пахнет плюшками и мятой,
И невзначай пришит карман,
И сарафан к утру не мятый.

Честны касания руки.
От каждого прикосновенья,
Струятся счастья ручейки,
Сливаясь в близости мгновенья.

Она любви не скажет слов,
А просто высушит ботинки,
Собьет с подушки тяжесть снов.
И молока нальёт из крынки.

Поможет песенка уснуть,
Исчезнет пятнышко с рубашки…
Слова любви… Да в них ли суть?
Коснётся – и бегут мурашки…

Вернуться б в тёплое «тогда»,
Где я жила, забот не зная,
В любви, сплетённой из труда…
Спасибо, мамочка родная!

L'amore della madre

Fa un respiro profondo...
I pensieri non la lasciano dormire...
Il topo si agita nei grovigli,
i ferri da maglia lampeggiano nello *storyboard*,

la sciarpa serpeggia sempre più lunga,
per avvolgere un tenero collo.
E sembra che la figlia sia una giraffa.
Quanti fili in queste catene...

Il suo amore è quasi muto,
ma profuma di focacce e di menta
e una tasca è cucita per caso
e il prendisole al mattino non è stropicciato.

Le carezze sono sincere.
Da ogni carezza
scorrono flussi di felicità
che si fondono nell'intimità del momento.

Non dirà parole d'amore
e si limiterà ad asciugare le scarpe,
scuoterà il peso dei sogni dal cuscino.
E verserà il latte dalla brocca.

Una canzoncina ti aiuterà ad addormentarti,
la macchia sparirà dalla camicia...
Le parole d'amore... servono a qualcosa?
Un piccolo tocco - e sono brividi...

Ritorno al caldo "allora",
dove ho vissuto senza conoscere preoccupazione alcuna,
nell'amore, intessuto dalla fatica...
Grazie, cara mamma!

Приговор

Ну вот... Приговор врача:
Осталось лишь месяц жить.
Сказать или промолчать?
Слова как набат в тиши.

Что сделать, чтоб этот миг,
Длинной в три десятка дней,
Стал светлым, как солнца блик
В нелёгкой судьбе твоей?

Я вспомню, что любишь петь,
И кто из певцов - не шум,
Чтоб совесть убрала плеть,
Прощения испрошу.

Мы будем встречать рассвет
И сказки слагать в закат,
О том, как плыл по Неве
Любимых блюд аромат.

И вспомним про все мечты.
И даже исполним две.
Ещё разведем мосты
И полежим в траве...

А если загнуть листок,
Где сказано тридцать дней.
И пусть не отмерен срок,
И жизнь твоя тем ценней.

Вот радость! Теперь уж я,
Успею больше чудес...
Светите близким друзья!
Кто знает, на сколько мы здесь?

Frase

Ebbene... Il verdetto del medico:
Le rimane solo un mese di vita.
Parlare o tacere?
Le parole sono come un campanello d'allarme nel silenzio.

Cosa fare perché questo momento sia
lungo tre dozzine di giorni -
luminoso, come il bagliore del sole
nel tuo difficile destino?

Mi ricorderò che ami cantare,
non importa quali canzoni.
Perché la coscienza rimuova la frusta,
ti chiederò perdono.

Incontreremo l'alba
per comporre favole fino al tramonto,
su come navigava sulla Neva
l'aroma dei tuoi piatti preferiti.

E ricorderemo tutti i sogni.
E ne faremo ancora.
Costruiremo anche ponti
e ci sdraieremo sull'erba...

E se pieghi il foglio,
che dice trenta giorni
lascia che la fine non venga misurata

e la tua vita sarà ancora più preziosa.

Che gioia! Ora io
potrò realizzare altri miracoli...
Siate luce amici per i vostri cari!
Chi sa per quanto tempo resteremo qui!

VIVIANE CIAMPI – ВИВИАН ЧАМПИ

Nata in Francia, vive in Italia (Genova). È poetessa e traduttrice. Focalizzata sull'impatto della poesia orale, scrive entro e oltre i confini dei libri. È autrice di quindici raccolte di poesie in italiano e francese. Inoltre, è coordinatrice e conduttrice del festival *Voix Vives di Sète*, in Francia, e del festival *Parole Spalancate* di Genova.

Вивиан Чампи родилась во Франции, живет в Италии (Генуя). Она поэтесса и переводчица. Сосредоточенная на воздействии устной поэзии, она сочиняет как в рамках книг, так и за их пределами. Она автор пятнадцати поэтических сборников на итальянском и французском языках. Кроме того, Вивиан является координатором и ведущей фестиваля Voix Vivas в городе Сет во Франции, и фестиваля Parole Spalancate в Генуе.

MISTERIOSA ITALIA

L'Italia è un Paese misterioso
con la forma di uno stivale misterioso
i suoi abitanti sono misteriosi
le donne italiane lanciano sguardi misteriosi
le donne italiane che vegliano i morti e
piangono forte sono misteriose
anche quando non piangono sono misteriose
la Gioconda di Leonardo ha un sorriso misterioso
la Torre di Pisa che pende e non cade è misteriosa
Roma con il suo tremendo caos è misteriosa
Venezia con i piedi bagnati ma non annega è misteriosa
la gloria di Genova è un cimitero pieno di statue misteriose.

In Italia, ogni cosa è un rebus. Che mistero!

Таинственная Италия

Италия - таинственная страна
В форме таинственного сапога.
Её обитатели таинственны.
Итальянские женщины бросают таинственные взгляды.
Итальянские женщины, ухаживающие за могилами умерших и громко плачущие, таинственны.
Даже когда они не плачут, они таинственны.
у Моны Лизы Леонардо таинственная улыбка.
Пизанская башня, которая падает и не может упасть, таинственна.
Рим с его огромным хаосом таинственен.
Венеция, не тонущая, хотя стоит ногами в воде, таинственна.
Слава Генуи - это кладбище, полное таинственных статуй.
В Италии всё это - загадка. Какая тайна!

(Перевод: Елизавета Клейн)

LUOGHI COMUNI

Da dove abitate avrete sento dire:
L'Italia è quel Paese
dove tutti parlano con le mani
oppure cantano e nessuno stona
dove la gioia sorge nelle strade di Toscana
dove il mare è così azzurro
che le pupille esplodono
dove l'anima delle parole
si mangia con la forchetta
dove tutto avviene
in un libro divino
dove gli uomini sono eleganti seducenti
furboni e galanti fino alla nausea
senza la reputazione d'esser cani fedeli.

Anche qui in Italia si dice che
in Svizzera sono tutti puntuali
in Svezia tutti biondi
e in Spagna
tutti toreador.

ОБЩИЕ ФРАЗЫ

Где бы вы ни жили, вы наверняка говорите:
О, Италия? Это та страна,
Где все отчаянно жестикулируют,
И все прекрасно поют, попадая в такт и в ноты.
Где на улицах Тосканы царит радость,
Где море такое голубое,
Что зрачки взрываются.
Где суть слов можно есть вилкой,
Где все происходит
По Божественному сценарию,
Где мужчины элегантны и соблазнительны,
Хитры и галантны до тошноты, но не отличаются собачьей верностью.

Так же здесь, в Италии, говорят, что
В Швейцарии все пунктуальны,
В Швеции все блондинки,
И в Испании
Все тореадоры.
(Перевод: Елизавета Клейн)

ЛЕРА ЛИССОВА – LERA LISSOVA

Лера Лиссова родилась в городе Астрахань. В 2014-2022 годах жила и ловила вдохновение в Петербурге! В 2022 году переехала в Краков и теперь адаптируется там. Пишет стихи с 15ти лет. За это время выпустила сборник "Строки из клочков души" (материал 2005-2015 гг.). Вдохновляют путешествия, любовь, дождь, концерты и музыка. Участвовала в альманахе "Выстоять. Премьер-лига" издательства "Строфа" 2018 года; в 2021 году - в сборниках "Кремниевый век" и "Шёпот на ветру"; в 2022 в сборниках "Дружба" и "Рассвет".

Lera Lissova è nata ad Astrakhan. Nel 2014-2022 ha vissuto a San Pietroburgo dove ha trovato ispirazione. Nel 2022 si è trasferita a Cracovia. Scrive poesie dall'età di 15 anni. Ha pubblicato la raccolta *Строки из клочков души* (*Lines from the scraps of the soul*) poesie, 2005-2015 -. Viaggi, amore, pioggia, concerti e musica la ispirano. Ha partecipato all'almanacco *Stand up. Premier League* della casa editrice *Строфа* nel 2018; nel 2021 alle raccolte *Silicon Age* e *Whisper in the Wind*; nel 2022 alle raccolte *Friendship* e *Dawn*.

***

Сверчок стрекочет только о хорошем,
Придавая ночи романтичный оттенок.
Этот день на прошлый был непохожим,
Солнце грело, ветер нежно пел тенором.

Улыбка! Закат скользит по плечам,
Робко держит за руку мечта,
Яркие краски подобны летним снам,
Разливается по телу тихо теплота.

Музыка ночи играет чуть слышно…
Тоник смешаем с вермутом,
Океан спокоен и безграничен,
Звёзды кружат в танце медленном.

Сверчок в темноте поёт об уюте,
Пронизан воздух южными цветами…
Я рада каждой текущей минуте,
Ведь счастье здесь, не за горами!

19.03.2021

***

Il grillo canta solo cose belle,
dando alla notte un tocco romantico.
Questo giorno era diverso dall'ultimo,
il sole era caldo, il vento cantava dolcemente da tenore.

Sorridete! Il tramonto scivola sulle spalle,
tenendo timidamente la mano di un sogno,
i colori brillanti come sogni d'estate,
il calore si diffonde silenziosamente nel corpo.

La musica della notte suona dolcemente...
Mescola acqua tonica con vermouth,
l'oceano è calmo e sconfinato,
le stelle volteggiano in una danza lenta.

Un grillo nell'oscurità canta conforto,
l'aria è piena dei profumi dei fiori del sud...
Sono felice per ogni minuto,
dopo tutto, la felicità è qui, non è lontana!

***

Вино, штопор, пляж,
Заячий остров,
Город ночью прячет
Фонари в перекрёстки.

Тишина поглотила
Яркость летней ночи,
Затёртостью винила
Пахнут эти строчки.

Пересечение июля и августа
На наручных часах...
Осень, в окно заглянувшая
Всё громче шепчет о правах.

Но у нас есть песок
И трава с ромашками,
Вплету их в колосок
И надену тельняшку,

Чтоб замедлить месяц
И подольше купаться в лучах.
Моменты как бусы на леске,
Радость кроется в мелочах.

И пока я пахну малиной
И речными брызгами,
Лето окутало тепла паутиной,
И мне из него не выбраться!

05.08.2022

Vino, cavatappi, spiaggia,

l'isola dei Conigli
la città di notte nasconde
lampioni agli incroci.

Il silenzio ha inghiottito
la luce di una notte d'estate,
un vinile usurato
i suoi solchi profumano.

L'incontro di luglio e agosto
sui quadranti dell'orologio.
L'autunno, fa già capolino alla finestra
sussurra sempre più forte i suoi diritti.

Ma noi abbiamo sabbia
ed erba e margherite,
le intreccerò in una spiga
e indosserò una tunica,

per rallentare il mese
e immergermi nei raggi più a lungo.
Momenti come perle su un filo,
la gioia sta nelle piccole cose.

E mentre sento il profumo dei lamponi
e di spruzzi di fiume,
l'estate ci avvolge in una ragnatela di calore
e non riesco a uscirne!

BRUNA CICALA – БРУНА ЧИКАЛА

Nata a Genova, l'anima stessa della sua città incarna l'essenza della sua poesia, un po' chiusa e misteriosa, ruvida e affascinante. È morta nel 2020 ma la sua poesia è ancora viva.

Она родилась в Генуе, и сама душа ее города воплощает суть ее несколько закрытой и загадочной поэзии, грубой и завораживающей. Она умерла в 2020 году, но ее поэзия все еще жива.

Presagi

Presagio di tempesta
sul lungomare scuro
Nettuno rumoreggia:
credeva di trovare l'infinito
nei giorni avari di Venere e di sale.
S'alza, s'impenna, esplode
cavalca ogni onda su note discordanti,
è folle la sua danza
a inseguir saetta.
L'amore insano brucia,
si perde nei fondali
degli occhi suoi distratti,
rapiti da un baleno
di effimera bellezza.

ПРЕДЗНАМЕНОВАНИЯ

Шторм. В кромешной тьме набережная.
Ревёт, обретая бесконечность, свирепый Нептун!
В яростном пламенном раже.
Вздымается, встаёт на дыбы, треплет,
Обезумевший, пенные гривы волн,
Диссонансом рыдающих, рвущихся
Вон! От него. Но он, уже любя этот гон,
В яром танце, во имя Венеры. Их рушит!..
Мчится за стрелами молний, пылает
Любовью, теряемой, похищаемой
Вспышкой эфимерной красоты, что тает
На дне рассеянных глаз его. Восхищая!

(Перевод: Владимир Васильев)

ЛЮДМИЛА РУЧКИНА – LYUDMILA RUCHKINA

Людмила Оскаровна Ручкина - родилась в Ленинграде, кандидат технических наук, член Российского союза писателей, автор 96 научных работ и более 2000 литературных произведений в стихах и в прозе, многократный номинант национальных литературных премий: «Поэт года», «Писатель года», «Наследие», 31-кратный лауреат первой степени в европейских и международных конкурсах: «Славься, Отечество», «Народный артист», «Морозко», «Всё начинается с мечты», «Global Asia», «Наследие», «Дыхание Зимы», «Щелкунчик», которые проводили Европейская Ассоциация Культуры и Творческое объединение «Наследие», по номинациям: «Художественное слово», «Народная хореография», «Фотоискусство». За личный вклад в развитие русской литературы награждена Российским союзом писателей медалями: «Владимир

Маяковский. 125 лет», «Антон Чехов. 160 лет», «Анна Ахматова. 130 лет», «Иван Бунин. 150 лет», «Афанасий Фет. 200 лет», «Фёдор Достоевский. 200 лет», «Святая Русь», «Белы ночи», «Просветители Кирилл и Мефодий» - и звёздами «Наследие» второй и третьей степеней.

Lyudmila Oskarovna Ruchkina, Leningrado1947. Esperta *Cibernetica tecnica e teoria dell'informazione,* ha più di trent'anni di esperienza scientifica e pedagogica. Autrice di 96 articoli scientifici e di oltre 2000 opere letterarie poetiche e in prosa di vari generi. Membro dell'Unione russa degli scrittori. È stata più volte insignita di importanti premi nazionali. Un posto speciale nell'opera di Lyudmila Oskarovna è occupato da temi patriottici e storici. Le use opere e i suoi articoli sono pubblicati in libri d'autore, antologie, riviste e almanacchi.

Per il suo contributo personale allo sviluppo della letteratura russa, ha ricevuto importanti riconoscimenti dall'Unione russa degli scrittori tra cui le medaglie *Vladimir Mayakovsky - 125 anni, Anton Chekhov - 160 anni, Anna Akhmatova - 130 anni.*

Русскую природу очень я люблю!

Полевые, луговые и лесные цветы,
Насколько же Вы красивы и нежны,
Сколько в Вас природной красоты!
Не зря о Вас пишут песни и стихи.
Равнодушным остаться к Вам нельзя.
Настоящие любители природы будут
Восхищаться Вашей красотой всегда.

Полевые, луговые и лесные цветы
Очень любила дорогая мамочка моя.
Она научила по-настоящему
И ценить, и любить эту сказочную
Чудесную природную красоту и меня.

Ходили мы с ней очень много
По нашим русским, очень большим
И очень богатым, красивым лесам всегда,
Пока мамочка моя любимая была жива.
И именно благодаря мамочке моей
Полюбила и леса, и луга, и поля и я.

Восхищала раньше и продолжает
Восхищать до сих пор меня
Природная сказочная их красота.
И, когда я прихожу в наши леса,
На луга и поля и смотрю на их красоту,
Я с любовью вспоминаю всегда
Дорогую, родную мамочку свою.
Благодаря ей природу очень я люблю.

15 августа 2017 года

Amo molto la natura russa!

Fiori di campo, di prati e di bosco,
siete belli e gentili,
quanta bellezza naturale si racchiude in voi!
Non c'è da stupirsi se scrivono canzoni e poesie su di voi.
È impossibile rimanere indifferenti.
I veri amanti della natura
ne ammireranno sempre la bellezza.

Fiori di campo, di prato e di bosco
la mia cara madre li amava molto.
Mi ha insegnato davvero
ad apprezzare e ad amare questa favolosa
meraviglia della natura.

Abbiamo camminato molto con lei
secondo la nostra tradizione russa, e visto foreste grandi
floride e belle
quando la mia amata madre era viva.
Ed è grazie a mia madre che
mi sento rapita dai boschi, dai prati e dai campi.

Li ammiravo prima e continua a
deliziarmi anche oggi
la grazia fiabesca della natura.
E quando giungo nei nostri boschi,
guardo i prati e i campi e osservo la loro bellezza,
ricordo sempre con amore
la mia cara madre.
Grazie a lei, amo molto la natura!

У этих влюблённых печальная судьба

Плакучая Ива печальная стоит угрюмо
На красивом берегу одна,
Низко ветки свои над рекой склоня.
Плачет наша Ива, потому
Что очень скучно ей и одиноко.
Её любимый Ясень стоит от неё далёко.
И рядом, и вместе им быть не суждено.

Ива это хорошо понимает.
И поэтому очень горюет и страдает.
Ясень её растёт на другом берегу реки.
Ива и Ясень друг другу хорошо видны.
Ветви у Ивы и Ясеня могут лишь
Приветливо иногда качаться.
Но не могут друг к другу
Нежно они при этом прикасаться.
Могут лишь в знак симпатии и Любви
Воздушными поцелуями обменяться.

Но их общий друг Ветер может помочь:
Сорвать красивый узорчатый с Ясеня листок
И потом принести Иве этот подарок,
Положив бережно его у её ног.
Ясень этот, понятно, тоже не счастливый,
Ведь он тоже очень в нашу Иву влюблён,
Но, как и его любимая Ива, тоже одинок.

И хотя очень красивая и несчастная Ива
Ему очень хорошо с его берега видна,
Но может любоваться своей любимой
Он тоже только издалека.
Вот такая у этих двух влюблённых
Очень печальная судьба!

12 октября 2016 года

Questi amanti hanno un triste destino

Il salice piangente si erge imbronciato
solo, sulla riva stupenda
china i suoi rami sul fiume.
Piange il Salice
la sua tediosa solitudine.
il suo amato Frassino è lontano.
Non è loro destino l'unione.

Il Salice lo capisce bene.
E quindi si addolora e soffre molto.
Il suo Frassino cresce sull'altra sponda del fiume.
Salice e Frassino possono mirarsi.
I loro rami possono oscillare a volte.
Ma non possono raggiungersi
dondolano e delicatamente si sfiorano.
In segno di amore e richiamo
si scambiano baci di aria.

Ma il vento, loro amico comune, può soccorrerli:
può strappare dal Frassino una bella foglia decorata
e portarla in dono alla pianta di Salice,
ponendola con cura ai suoi piedi.
Anche il Frassino, naturalmente, non è un albero felice,
dopo tutto, anche lui è molto innamorato della pianta di Salice.
Ma, come la sua amata, anche lui si sente solo.

E nonostante il Salice sia una pianta molto bella e infelice
lui la vede molto bene dalla sua riva,
ma può ammirare la sua amata
solo da lontano.
Tale è il destino di questi due amanti
un destino molto triste.

EMANUELE CILENTI – ЭМАНУЭЛЕ ЧИЛЕНТИ

Nato a Messina nel 1981, poeta, scrittore, attore, cantautore, sceneggiatore, regista. Ha pubblicato quattordici libri, due album musicali e diverse canzoni. Ha realizzato sette cortometraggi visibili sull'omonimo YouTube canale. Ha recitato in una famosa trasmissione televisiva di *Mediaset* (importante rete televisiva italiana).

Эмануэле Чиленти, родившийся в Мессине, Италия, в 1981 году, поэт, писатель, актер, автор песен, сценарист, кинорежиссер. Он выпустил четырнадцать книг, два музыкальных альбома и несколько песен. Он снял семь короткометражных фильмов, которые можно увидеть на одноименном канале Youtube. он выступил в качестве актера в известной телевизионной передаче *Mediaset* (важное Итальянское телевидение).

La preghiera di un soldato stanco.

Son stanco di sparare
E di quel tanfo nauseabondo
Che ho creato con una mistura
Fatta solo di sangue e zolfo
Ma io non sono un alchimista
Son solo un soldato
Proteggo i vivi uccidendo
Altri esseri viventi.
Sono Loro che mi dicono
Chi è buono
E chi è cattivo, chi deve vivere
e chi morire.
Accanto a me
Siede un bambino in lacrime
Abbraccia il mio fucile
Gli ho appena ucciso il padre
E adesso anche i miei
Occhi piangono, le mie mani sporche
tremano.
E le mie labbra pregano:
Dio mio, cosa ho fatto?
Chi sono diventato?

Dammi la forza, Ti prego,
di diventar il tuo giardiniere
trasformerei ogni bomba
in vasi di fiori colorati,
pianterei alberi da frutto
dentro quelle voragini

lungo le strade, costruirei dei nidi
in quei grossi fori
sulle facciate dei palazzi
cosicché ogni uccello
stanco del viaggio
troverebbe un alloggio
accogliente.
Costruirei la pace
Un fiore al giorno.
E dopo aver concluso quest'opera
Io Ti chiedo
Di farmi diventare
Il Tuo pagliaccio preferito
Donerei così il Tuo sorriso
Ad ogni bimbo del mondo
Laddove la guerra
Glielo ha tolto
Assieme all'abbraccio
Dei suoi genitori.

Молитва усталого солдата

Я больше не хочу стрелять. Устал
от ненавистного и тошнотворного зловонья...
Гнетущая глухая пустота,
пропитанная едкой серой
и... горячей кровью.
Я вовсе не алхимик.
Я – солдат.
Я призван защищать живых,
живых же убивая.
«Стреляй в них!», –
так мне властно говорят, –
«Кто должен умереть, кто – жить – мы лучше знаем».
Со мной ребёнок плачущий сидит,
испуганно к винтовке жмётся,
кроха несмышлёный...
А я – убийца. Я – наёмник.
Я – бандит. Я только что убил его отца.
Молчат иконы...
Мной божья заповедь забыта – «не убий»
И руки грязные дрожат,
и слёзы – от бессилья...
А губы молятся:
«Всевышний, помоги!
Что я наделал?
Кем я стал?
Презренной пылью?
О, Боже, дай вину мне искупить!..
Ну хочешь,

век твоим садовником я буду?
Тогда я смог бы бомбы превратить
в красивые цветочные горшки –
повсюду – деревья посадил бы вдоль дорог…
Вдоль всех дорог,
в местах вчерашних взрывов.
И гнёзда в дырах стен я свить бы мог –
в них птицы вселятся и станут жить счастливо.
Цветком пусть расцветает каждый день,
и разнотравьем целый мир раскрашен будет!
Ты в клоуна меня переодень –
я рассмешу всех-всех,
и смолкнет гул орудий.
Тогда, быть может,
кончится война.
Спокойней станет жизнь на белом свете.
Но только в снах,
всего лишь в нереальных снах
обнимут пап и мам
сироты-дети.

(Перевод: Надежда Сверчкова)

La strada dove abitano le rondini.

Il sole filtra timidamente
Dalle tapparelle
Sta dando alla luce
Un nuovo giorno
Caldo e colorato
Come la primavera,
mi sveglia un forte
aroma di caffè
che inebria la casa.

Apro le finestre
E vedo rondini e tortore
Danzare tra vento e cielo
Volare tra il verde degli alberi
Ed il rosso dei tetti
Portando cibo ai propri nidi
Dove ci son mamme che
Covan le proprie uova,
tra poco qualcuno si schiuderà
e una nuova vita nascerà.

Apro un'altra finestra
E da qui vedo il mare
E voli di gabbiani

A cercar cibo
In mezzo a un branco
Di pesci colorati
Sotto un specchio lucente
D'acqua marina
In lontananza scorgo l'ombra
Dell'Eolie.

No, non è il Paradiso
È solo la strada in cui abito
Questa è la vita

Che ogni giorno vivo.

Улица, на которой живут ласточки

Сквозь створки ставней робко проникает солнце
И будит новый день необычайным светом.
Пьянящий запах кофе в доме раздается…
Тепло и красочно приходит в гости лето!

Открою настежь окна – день великолепен!
Я вижу ласточек и горлиц в дивном танце –
Между прозрачным ветром, синим небом
Они по воздуху вальсируют, кружатся,

Ныряют в кроны яркой зелени деревьев,
Парят над красной черепицей крыш покатых,
Приносят в гнёзда корм любимым, свято веря,
Что скоро вылупятся из яиц птенцы в награду!

Я в окна вижу море. Необъятны дали!
Горланят чайки над зеркальной водной гладью…
И стаи рыб блестящей чешуёй сверкают
Меж островами Эолийской благодати…

Я не в раю, но жизнь моя настоль прекрасна!..
Прекрасен дом, и улица, и вид на море.
Здесь каждый новый день приносит счастье!
Душа поёт! И птицы с наслажденьем вторят…

(Перевод: Надежда Сверчкова)

ТАТЬЯНА ШЕВАЛЬДО – TATIANA CHEVALDO

Поэтесса **Татьяна Шевальдо** родилась и живет в Санкт-Петербурге. Образование высшее экономическое, финансы и кредит. Автор слов песни «Я буду дома», которая полюбилась слушателям французского радио, и её поют на французском и английском языках, а в России эту песню исполняют по клубам с 2001 года. Криэйтор собственного личного бренда SCEVALDO. Фамилия Шевальдо исторически принадлежит роду Татьяны и в настоящее время служит ее творческим псевдонимом. Автор книги «ГОРЫ И ЦВЕТЫ. Поэзия картин», сборник стихов на русском и английском языках, издательство Ridero. Принимает участие в различных творческих проектах и сборниках стихов. Номинант на премию «Поэт года» Стихи.ру. Резидент литературных клубов: МУХА, СИНИЙ МОСТ, Северные Полмира, Поэты Живут, Литературный Салон Елены Мерцаловой. Участие в фестивалях:

Холодный Ручей г.Сосново (СПб), Пульс Города г.Выборг, Книжные Аллеи г.Санкт-Петербург. Участник проекта на мировой рекорд - ГИПЕРПОЭМА (HYPERPOEM). Участник хора «Большой распев» Дом Радио г.Санкт-Петербург, генеральный партнер musicAeterna. Даритель и совладелец средневекового замка Франции (Шато-де-ла-Мот-Шанденье) Château de la Mothe Chandeniers, The Dartagnans team, France Paris. Пишет в стиле маньеризм XVI-XVII веков Италии и Франции. Член Российского союза писателей.

Tatiana Chevaldo è nata e vive a San Pietroburgo. Laureata in Economia e Finanza. Autrice delle parole della canzone *Я буду дома* (Sarò a casa – in lingua francese, inglese e russa), amata dagli ascoltatori. Ha prodotto un proprio marchio creativo, *SCEVALDO*. Il cognome storico della sua famiglia, Chevaldo, funge anche da suo pseudonimo creativo. Autrice di una raccolta di poesie in russo e inglese, per la casa editrice *Ridero*. Ha partecipato a a vari progetti creativi e raccolte di poesie. Candidata al premio Poeta dell'anno *Стихи.ру*. È membro di diversi club letterari, tra cui l'Unione russa degli scrittori. Ospite di numerosi festival di poesia, è membro del coro *Bolshoi Praspev* di San Pietroburgo. Comproprietaria dello Château de la Mothe Chandeniers, in Francia. Scrive nello stile manieristico dei secoli XVI-XVII in Italia e Francia.

***

Как хорошо и приятно быть расслабленным летом.
Солнце слепит глаза рассеянным радужным светом.
Синяя водная гладь на фоне балкона резного твоей головы
За роскошным высоким вазоном прекрасных цветов красоты…

С ветром играют подолы до пола из шелка с сандалями в коже…
На низком причале гондолы качают волну бирюзового моря…
Капля с бокала стекает по ножке хрустального звона
И испаряется в нитях от скатерти белоснежного дола…

Воздух горячий стоит под цыкадным поющим надзором…
Небо высокое медленно ходит под золотым небосклоном…
Бренды от модных домов загорают под томностью взора
В формах округлых основ на лице аксессуаром достойно…

Тихо, лишь волны шуршат на ступеньках из мраморных сходов…
Блики сияющие создаются в подвижных узорах…

Жаркое солнце застыло на винном сюжете настроя…
Свежий глоток растекается в мозг искусным раздольем…

Взгляд устремляется в даль за мечтательным словом…
Ходит в воде, обнимаясь за мачту, надутый ветрами, и гордый
Кремово-белый сияющий парус, растворяя в тумане грезы,
Сказочно сладко в дневном театральном обмане сценической прозы…

Вновь о любви разгораются страсти, стремясь позабыть все былое…
Дивные птицы попрятались в чаще лесов от палящего зноя…
Только лишь чайки снуют над простором под крики собратьев по взморью…
Вилла искрится в лучах торжества бытия величественного покоя…

24.07.2023

***

È bello e piacevole rilassarsi in estate.
Il sole abbaglia gli occhi con la luce diffusa dell'arcobaleno.
La superficie blu dell'acqua sullo sfondo del balcone sembra intagliata nella testa.
Dietro un lussuoso vaso alto di fiori bellissimi...

Orli di seta lunghi fino al pavimento con sandali in pelle giocano con il vento...
Su un molo basso, le gondole dondolano con l'onda del mare turchese...
Una goccia dal bicchiere scorre lungo lo stelo del calice di cristallo
e si dissolve nella trama della tovaglia candida...

L'aria è calda e immobile al canto delle cicale
il cielo è alto e cammina lentamente sotto il firmamento dorato...
I marchi delle case di moda prendono il sole sotto lo sguardo languido
accessori con forme arrotondate...

C'è silenzio, solo il fruscio delle onde sui gradini di marmo...
I riflessi brillanti si modellano in disegni in movimento...
Il sole caldo trova refrigerio nel vino...

Un sorso fresco si diffonde abilmente nel cervello ...

Lo sguardo corre in lontananza verso una parola sognante...
Camminando nell'acqua, abbracciando il pennone, gonfiato dai venti e fiero
una vela lucente bianco crema, che si dissolve nella nebbia dei sogni,
favolosamente dolce nell'inganno teatrale della prosa scenica...

L'amore infiamma le passioni, cercando di dimenticare il passato...
Meravigliosi uccelli si nascondono nel folto delle foreste dal caldo torrido...
Solo i gabbiani sfrecciano sulla distesa alle grida dei loro fratelli in riva al mare...
La villa scintilla nei raggi del trionfo della maestosa quiete dell'esistenza.

GIUSEPPE NAPOLITANO – ДЖУЗЕППЕ НАПОЛИТАНО

Giuseppe Napolitano (Minturno, 1949) vive a Formia. Laureato in Lettere, ha insegnato per 33 anni nei Licei. Svolgere funzioni di operatore culturale ed è spesso invitato in importanti Festival di Poesia in Italia e all'estero. Sono oltre 100 i libri da lui pubblicati (poesie e saggi), Nel 2006 ha fondato la collana *La stanza del poeta,* nella quale sono apparsi 111 piccoli libri (di autori del bacino mediterraneo).

È tradotto e pubblicato in 33 lingue.

Джузеппе Наполитано (Минтурно, 1949 год). Живёт в Формии. Работает оператором культуры. Его часто приглашают на важные фестивали в Италии и зарубежом. Автор более 100 книг, многие из них переведены на арабский, китайский, сербский, греческий и другие языки.

Un fiammifero nel buio

Non va in pensione il poeta
ma nemmeno in ferie – lavora
ostinato al suo compito: dare
luce (un fiammifero nel buio!)
a chi non sa come godere nei giorni
il bene delle ore che nell'ombra
indifferente svaniscono perdute

Artigiano paziente si accontenta
di oggettini che sappiano stupire
lo sguardo pigro di chi vive l'abitudine
e incontentabile vorrebbe nuovi giochi

A quale prezzo e ristoro di un momento
che in punta di parola si apre un varco
e traguarda un nuovo limite alla vita.

МАТЧ В ТЕМНОТЕ

Поэт - творитель и мыслитель.
Всегда в работе день и ночь.
Стихов он добрый сочинитель,
Готов словами всем помочь.

Он терпеливо, словно мастер
Творит такое колдовство,
Что даже мелкие предметы,
Вдруг превратятся в волшебство.

Он открывает жизни краски,
Как спичка дарит свет во тьме.
Поэтом быть всегда прекрасно,
Он знает верный путь к мечте.

(Перевод: Фаина Назарова)

Il treno della vita

Passeggeri nel treno della vita
fingendo o distraendoci a caso
evitiamo di conoscerci – a volte
paurosi di scoprirci o scoprirci
in altri a noi simili – specchi
in cui vediamo si rompe il nostro volto –
difficili frammenti a ricomporre
l'umanità che siamo sempre in viaggio
passando una stazione dopo l'altra
per una meta ormai fatta miraggio
e schermo all'impotenza di arrivare

ПОЕЗД ЖИЗНИ

Наша жизнь словно поезд, а мы - пассажиры.
Мы всё время спешим, всё вперёд и вперёд.
Не заметив порой, что мы стали другими,
Наша жизнь словно поезд идёт и идёт.

Мы стареем, меняется облик и лица.
Торопясь, не успели чего - то достичь.
И проносятся станции, будто бы птицы,
Мимо нашего поезда с именем Жизнь.
(Перевод: Фаина Назарова)

ТАТЬЯНА БОГДАНОВА – TATIANA BOGDANOVA

Татьяна Богданова родилась и выросла в Карелии, в Олонецком районе. Писать стихи начала ещё в школе. После школы закончила торговый техникум. По образованию товаровед. Взрослая жизнь внесла свои коррективы и стихописанием заниматься было некогда.

А в 2017 году наступил прайм-тайм и я вернулась к поэзии. Стала замечать то, что обходила раньше стороной. Строчки рождались одна за другой и складывались в стихи, рассказы, песни.

Tatiana Bogdanova è nata e cresciuta in Karelia, nel distretto di Olonets. Ha iniziato a scrivere poesie a scuola. Si è diplomata in un istituto a indirizzo commerciale laureandosi in Economia e Commercio. Nella vita adulta non ha avuto tempo di dedicarsi alla poesia. Ma nel 2017 è arrivato il momento giusto e è tornata alla poesia. Ha iniziato a osservare cose che prima non notava. Le righe sono nate una dopo l'altra e si sono trasformate in poesie, racconti, canzoni.

Белые берёзы

Стена белеющих берёз
Как полотно для живописца
Воспетые в стихах до слёз
И сотканное по крупицам
В небесных красках их печаль
Узор из нитей чёрных с блеском
Им место в храме, как свечам
Гореть нетающим из воска
В наряде нынешнем тоска
И красота нагого стана
В глазах чарующих искра
От солнца за чертой тумана
Свою невинность берегут
Им платья шьются без изъяна
И как невесту к алтарю
Готовят к зимнему обряду
Исконно -русская душа
И скромности особой Дива
России-матушки дитя
Как символ чистоты и мира.

Betulle bianche

Una parete di betulle bianche
come una tela per un pittore
cantate in versi fino alle lacrime
e tessute un po' alla volta
nei colori celesti della loro tristezza
un disegno di fili neri coi lustrini
appartengono al tempio, come le candele
che bruciano senza sciogliersi nella cera
nell'aspetto presente c'è desiderio
e la bellezza del corpo nudo
negli occhi affascinanti una scintilla
di sole oltre la linea della nebbia
proteggono la loro innocenza
impeccabili i loro abiti
e come una sposa all'altare
si preparano al rito invernale
l'anima russa
è una speciale Diva della modestia
figlia della Madre Russia
simbolo di purezza e pace.

Об Италии с легким юмором - Все дороги ведут в Рим.

Представляю себя героиней романа " Ешь, молись и люби" и забудь обо всем.
Решено, еду в Рим,
Но не к Дольче, Габбана
Буду жить в пиццерии и ночью и днём.
(Se non vengono espulsi - если не
прогонят)

Поедая огромную пиццу, ризотто
Знаменитую пасту, лазанью и сыр
Запивая вином итальянским
"Дольчетто"
Прикоснусь к краю рая, обнимая весь мир.
(A meno che non scoppi per leccesso
di cibo - если не лопну от переедания)

Обжигающий взгляд итальянца
Франческо
За столом, что напротив
В омут страсти сведёт
Мы закружимся в танцах Мунейра, Фламенко
Обольститель горяч
В ночь меня несёт
(Se Francessa ha una moglie? - а,
если у Франческо есть жена?)

Есть в ночном рандеву упоения сладость
Забывается всё: от богов, до грехов

Накрывает волной и слепа виноватость
Будь что будет со мной, если это любовь.
(Una light novel mi farebbe bene -
лёгкий роман пошёл бы мне на пользу)

Открещусь от интриг и начну с
Колизея
Познавать этот древний и сказочный Рим
У подножия башни Пизанской, робея
С веком эры до нашей
Поговорим.
(Che orrore, le pietre possono
parlare- какой ужас, камни умеют говорить!)

Обращусь напоследок к Падре Пио с молитвой
Мог предвидеть святой и словами лечил
Но, врачуя, душевные раны обиды
Говорил, что прощение их исцелит.
(E il santo aveva ragione -святой был
прав)

Рим огромный и вечный многоликий, как Будда.
Все дороги - оттуда и обратно ведут
Золотой миллиарий, итальянская мудрость
О, белиссимо грация - здесь услышать смогу.
(Voglio davvero andare a Roma- хочу
в Рим по- настоящему)

Sull'Italia con un pizzico di umorismo

Tutte le strade portano a Roma.

Mi immagino come l'eroina del romanzo *Mangia, prega e ama* e dimentico tutto.
È deciso, vado a Roma,
ma non da *Dolce e Gabbana*
Vivrò in una pizzeria notte e giorno.

(*Se non mi mandano via*). *

Mangiare una pizza enorme, un risotto
la famosa pasta, le lasagne e il formaggio
innaffiati con vino
un *Dolcetto* italiano
raggiungerò i confini del cielo, abbracciando il mondo intero.

(*A meno che non scoppi di cibo*). *

- Lo sguardo ardente dell'italiano
Francesco
al tavolo di fronte
mi trascinerà in un vortice di passione
volteggeremo danzando una *Muñeira* o il *Flamenco*
sexy è il mio seduttore
mi trascina nella notte

(*E se Francesco ha una moglie?*) *

C'è una certa dolcezza nell'incontro notturno con l'ebrezza
dimentico tutto: dagli dèi ai peccati
un'onda mi travolge, mi acceca il senso della colpa
accada ciò che deve, se questo è amore.

(Un romanzo leggero mi farebbe bene) *

Bando agli intrighi, inizierò dal
Colosseo
esploro la Roma antica e favolosa
ai piedi della Torre di Pisa,
parleremo dell'era remota fino ai nostri giorni

(Che terrore, hanno voce le pietre) *

Mi rivolgerò infine a Padre Pio con una preghiera
il santo sapeva prevedere e guarire con le sue parole
ma, curando le ferite dell'anima offesa
diceva che il perdono le avrebbe sanate.

(E il santo aveva ragione). *

Roma è immensa ed eterna, multiforme come un Buddha.
Tutte le strade portano a Roma e ritorno
vale oro la saggezza italiana
oh, *bellissima grazia** - la sento qui.

(Voglio davvero andare a Roma) *

---

* *in italiano nel testo*

SABRINA DE CANIO – САБРИНА ДЕ КАНИО

Sabrina De Canio (Piacenza, Italia) poeta, traduttrice e scrittrice di fama internazionale, membro fondatore della Biennale Italiana di Poesia fra le Arti e co-direttrice del Piccolo Museo della Poesia Chiesa di San Cristoforo a Piacenza, l'unico al mondo nel suo genere.

Сабрина Де Канио (Пьяченца, Италия) - всемирно признанная поэтесса, переводчица, член-основатель Итальянской биеннале поэзии фра ле Арти и содиректор Музея поэзии Пикколо Кьеза ди Сан-Кристофоро (Музей поэзии Святого Христофора). Пьяченца, Италия, единственная в своем роде в мире.

In grembo alla vertigine
si addivina il tratto
l'alto è profondo
la cupola è pozzo
l'aria sgranata come un relitto.

Stelle nelle stelle
brillano
perché lontano
uno sguardo le accende
e il cuore fluttua
appeso ad un balcone
senza radici.

Conosce la rosa
il sapore dell'acqua?

il sapore dell'acqua?

Pieno di intenzione sia
il nostro fiorire
sopra e sotto di noi.

Как голова кружится, знай
И кисть подобна Богу
Мазок - вершина глубока,
А куполом колодец.

А воздух зернами вокруг
Как будто корабли поют
Упавшие на дно.

Сияют звезды в звёздных снах
Далекий взгляд как вспышка.
Трепещет сердце сильно так
С балкона вниз повиснув

Узнает ль роза вкус воды
И будет ли цветенье дым
Намерение - основа

И в нас , вокруг и снизу

(Перевод: Наталья Мазур)

Viaggio

In memoria di Pippa Bacca

Bianco
oliva, rosa, rosso,
verde, marrone, nero.
Bianco
giglio di seta
cenere che lava.
Siamo latte
nelle porcellane
del servizio buono
sacre ad ogni partenza.
Siamo l'ago che ricuce
e il filo che si riannoda
fruscianti come libri
nel bianco che ci spegne.

Путешествие

В память о Пиппе Бакка

Места Земли
Что цветом как снега,
И масло всех олив, растущих на дорогах,
И розовый закат, и цвет травы и шум земли, что как коричневое чудо.
И ночи чёрной нежный аромат.

А мы как молоко из лучшего фарфора,
Которое нетронуто, священно и веках
При новом круге жизни.

Да, мы игла, что штопает и нить, что связывает все,
шуршащая дождём, в страницах белизны невинной, что оттолкнула н

(Перевод: Наталья Мазур)

ВАЛЕНТИНА СМЫСЛОВА – VALENTINA SMYSLOVA

Меня зовут **Валентина Смыслова**, я поэт и прозаик из г.Санкт- Петербурга. Пишу для НАРОДА моей великой страны, так как хочу, чтобы слово рождало в его душе самые лучшие порывы для блага мира и во имя мира, и счастья во вселенском масштабе.
Пусть наш мир наполнится добротой и любовью между народами всех стран и национальностей.

Il mio nome è **Valentina Smyslova,** sono una poetessa e scrittrice di prosa di San Pietroburgo. Scrivo per il POPOLO del mio grande paese, perché voglio che la parola dia vita ai migliori impulsi nella loro anima per il bene del mondo e per amore della pace e della felicità su scala universale.
Che il nostro mondo sia pieno di gentilezza e amore tra i popoli di tutti i paesi e nazionalità.

Оливковая ветвь

Оливковую ветвь нёс голубь Ною,
Чтоб известить ему, что час уже пробил
И что земля всех ждёт, уверовавших в чудо,
Которое послал ему Господь.
Так бездна вод ушла и в океане,
Вдруг наступила тихая волна.
Она ковчег качала, громко напевая,
И голубь с веткой был там у руля.
А небеса вдруг воссияли светом,
С ковчега жизнь на берег понеслась.
Так начинался первый день с потопа
И в этом дне любовь была жива.

12.07.2023

Ramo d'ulivo

Una colomba portò un ramo d'ulivo a Noè,
per informarlo che l'ora era giunta
e che la terra attendeva coloro che avevano creduto al miracolo
inviato loro dal Signore.
Così le acque si ritirarono e nell'oceano
arrivarono onde tranquille
cullavano l'arca, cantando ad alta voce
e la colomba con il ramo d'ulivo era lì al timone.
E improvvisamente i cieli furono pieni di luce,
dall'arca la vita si riversò sulla terra.
Così ebbe inizio il primo giorno dopo il diluvio
e in quel giorno l'amore era vivo.

Наша истина

Мы на той стороне,
Где есть свет и есть тьма!
Мы на шаг впереди,
В том бою, где есть враг!
Где-то рядом с тобой,
Есть ответ для меня!
Но к нему не дойти,
Там пылает звезда!
Мы на той стороне,
Между правдой и злом!
Всюду ищем того,
Кто стоит за спиной!
Мы откроем миры
Между светом и тьмой!
Чтобы жил человек,
Лишь несущий добро!
Только в счастье, мой друг
Мы сумеем достичь,
Тех вершин торжества,
Что дарует нам мир!
И с добром на добро,
Отвечать будем мы!
Пусть живёт мой народ
И чарует весь мир!

04.07.2023

La nostra verità

Siamo dall'altra parte,
dove c'è luce e c'è oscurità!
Siamo un passo avanti,
in quella battaglia dove c'è un nemico!
Da qualche parte lì accanto a te,
c'è una risposta per me!
Ma non puoi raggiungerla,
c'è una stella fiammeggiante!
Siamo dall'altra parte,
tra verità e male!
Ovunque cerchiamo colui
che è dietro di noi!
Scopriremo mondi
tra luce e oscurità!
Perché l'uomo possa vivere
solo nella bontà.
Solo nella felicità, amico mio
riusciremo a raggiungere
le vette del trionfo
che il mondo ci offre!
E con il bene per il bene,
risponderemo!
Viva il mio popolo
e incanti tutto il mondo!

GIANSALVO PIO FORTUNATO – ДЖАНСАЛЬВО ПИО ФОРТУНАТО

Giansalvo Pio Fortunato è nato a Santa Maria Capua Vetere (Caserta), il 20 marzo 2002. Attualmente frequenta la Facoltà di Filosofia presso l'Università "Federico II", in Napoli. Due le sue pubblicazioni: "Ulivi nascenti" (Albatros, 2022) e "Civiltà di Sodoma" (RP Libri, 2023). È risultato primo, per la Sezione Giovani, al Premio Internazionale "Scriptura" in Nola e nella Sezione Adulti del Premio "Padre Melis o.m.v." in Roma. Collabora con il mensile letterario e culturale "Agorà Giovani" (Ed. Scuderi) e con la rivista internazionale di poesia *Forma Fluens* – International Literary Magazine".

Джансальво Пио Фортунато родился в Санта-Мария-Капуа-Ветере (Казерта) 20 марта 2002 года. В настоящее время учится на философском факультете Университета Федерико II в Неаполе.

Две его публикации: «Ulivi nascenti» (Albatros, 2022) и «Civiltà di Sodoma» (RP Libri, 2023).

Занял первое место в молодежной секции Международной премии «Scriptura» в Ноле и в секции «Padre Melis o.m.v.». в Риме. Сотрудничает с литературно-культурным ежемесячником «Agorà Giovani» (ред. Scuderi) и международным поэтическим журналом «Forma Fluens – International Literary Magazine».

Silenzio di vita

Resta qualcosa,
se non un cumulo
di attimi infranti
della vita fiorita come rosa
d'un rosso acidulo,
purpureo come gli astanti marmi
che seppelliscono
i nostri occhi
in un vortice di emozioni,
che barcollano
al seguito di crocchi,
ove non appare alla luce
che l'avido interrogativo
d'esistenza, a cui
s'attorciglia il serpente
ingannante come al peccato redivivo.
Dannazione, allora, in cieli bui
celanti il passato, odianti il presente
e non vaticinanti
il futuro.

(da *Civiltà di Sodoma*, RP Libri 2023)

Тишина жизни

Что-то остается,
Если не груда
Разбитых мгновений
Жизни, цветущей
Красная роза.
Куча, сиреневая, как шарики на улице.
Хоронит
Наши глаза
В вихре чувств.
Они пошатываются,
Следуя за скоплениями, где
В широком свете ничего не видно.
Кроме жадных запросов
Существования, в которые
Змея, обманывая,
Словно возрожденный грех,
Вплетается.
Тогда проклятье, в темных небесах
Скрывая прошлое, ненавидя настоящее,
И не пророчит
Будущее.

(Перевод: Александр Кабишев)

Tutto incombe

Tutto incombe
sull'esperienza di un fragore
e la mietitura,
che assegna il silenzio al silenzio,
si inginocchia
per soddisfare l'ultimo sguardo.
Un "mai calarsi nell'abisso"
è il dettato frantumato,
la flagellazione involontaria
chiamata a murarsi
nel cuore d'una finestra:

lì, la corteccia dell'occhio
si strattona e poi si annebbia
finché non giungi a cantare
cantare il riflesso, la mano
aperta nel cuoio del sangue,
il segno ultimo che apra
e chieda l'orizzonte.

(*Inedito* 2023)

Все угрожает

Все угрожает
В момент рева
И жатвы,
Назначая тишину молчанием,
Стоя на коленях,
Чтобы погасить последний взгляд.
«Никогда не погружайся в бездну»
Это разбитая на осколки надпись,
Невольная порка,
Созванная для того, чтобы замуровать себя
В сердце окна:

Там кора глаза
Напрягается, а затем расплывается,
Пока ты не придешь петь.
Воспевать отражение, руку
Обнаженную в коже крови,
Высший знак, открывающийся
И просящий горизонт.

(Перевод: Александр Кабишев)

АЛЕКСАНДР ЕРЁМИН – ALEXANDER EREMIN

Родился в 1966 году в станице Пластуновская Краснодарского края. Окончил Краснодарский техникум (ныне колледж) электронного приборостроения по специальности «техник-метролог».
Армейскую службу проходил в Группе советских войск в Германии, что сформировало начальный этап творчества: тема любви и романтических переживаний.
Сейчас живу в селе Дивеево Нижегородской области, работаю промышленным альпинистом. Переезд был связан с изменением мировоззрения. Встав на путь православной веры, начал в основном писать об отношениях между человеком и Богом. После начала СВО преобладает гражданская лирика.
Публиковался в альманахах Российского союза писателей.
Награждён звездой «Наследие» 2-ой и 3-ей степени, медалями «Георгиевская лента 250 лет»,

«Антон Чехов 160 лет», «Анна Ахматова 130 лет», «Сергей Есенин 125 лет», «Иван Бунин 150 лет», «Афанасий Фет 200 лет», «Николай Некрасов 200 лет», «Федор Достоевский 200 лет», «Святая Русь», «Марина Цветаева 130 лет», «Максим Горький 155 лет».
Библиография: «История одной любви» М., 2013.

Nato nel 1966 in Krasnodar, vive e lavora nel villaggio di Diveevo, nella regione di Nizhny Novgorod. Si è laureato presso la Scuola Tecnica di Krasnodar in Ingegneria degli Strumenti Elettronici. Durante il servizio militare nel Gruppo delle truppe sovietiche in Germania, si è evidenziata la fase iniziale della sua creatività: il tema dell'amore romantico. In seguito, sulla via della fede ortodossa, ha iniziato a scrivere liriche sul rapporto tra l'uomo e Dio, ma anche di argomento civile. È stato pubblicato negli almanacchi dell'Unione Russa degli Scrittori.
È stato insignito della stella *Наследие* di 2° e 3° grado e di numerose medaglie, tra cui "*Anton Chekhov 160 anni*", "*Anna Akhmatova 130 anni*", "*Sergei Yesenin 125 anni*", "*Fyodor Dostoevsky 200 anni*", "*Santa Russia*", "*Marina Tsvetaeva 130 anni*".
Bibliografia: *История одной любви* (La storia di un amore, 2013).

Ночь Рождества

Любовь нарушила законы,
Мир, пеленающих небес
И под, созвездий перезвоны,
Свершилось Чудо из чудес!
Родился Сам Творец природы,
В хлевушке тихой и простой
И звёзд немые хороводы
Зажгли над Ним венец святой.
Ночь расцвела большой фиалкой,
Услышав сердца Бога стук
И осветила ясли ярко,
И Небеса разверзлись вдруг ...
Явились ангелы в сиянье
И пастухам воспели песнь,
Неся в ночное мирозданье
Благоволенья Свыше весть.
И пастухи нашли Младенца
В обычном, согбенном хлеву
И ощутили сладость сердца,
Зря Чудо Свыше наяву.
И мудрецы пришли с Востока
С подругой вестницей-звездой
И зрели с ней рожденье Бога,
И поклонились сединой.
Стоял у яслей серый ослик,
Вдыхая трепетно тепло
И поджимал короткий хвостик,
И тряс лохматое чело.
Смотрели весело ягнята

На незнакомое Дитя
И как все малые ребята,
С Ним поиграть скорей хотя.
И бык задумчиво весь замер,
Ища ответы на вопрос,
Сдавал, как будто он экзамен:
«Зачем Дитя в кормушке коз?»
А Мать рождённого - Мария,
Сияла радостью святой ...
И в сердце чувств росла стихия,
От Дара, данного судьбой.
Окинул хлев Младенец взглядом
И заструился аромат
Любви незримым водопадом
И каждый был чудесно рад.
Всё было чудно этой ночью,
Всё было выше естества ...
И даже в поле стаю волчью
Ночь умилила Рождества.

Notte di Natale

L'amore ha infranto ogni legge,
il mondo, velo dei cieli
e sotto, tra le stelle,
il miracolo dei miracoli è accaduto!
Il Creatore della Natura è nato,
in una stalla tranquilla e semplice
e le stelle - prima mute - hanno intonato un coro
hanno acceso una santa corona su di Lui.
La notte è sbocciata come un grande fiore
sentendo il battito del cuore di Dio
e ha riempito di luce la mangiatoia
e all'improvviso i cieli si aprirono...
Apparvero gli angeli in grande splendore
e un canto intonarono ai pastori,
portando nell'universo notturno
il messaggio della buona volontà dall'Alto.
E i pastori trovarono il Bambino
in una stalla semplice e umile
dolcezza inondò i loro cuori,
vedendo il Miracolo manifestarsi dall'Alto.
E i saggi vennero dall'Oriente
seguendo la stella messaggera
testimoni della nascita di Dio,
si inchinarono con venerazione.
C'era un asinello grigio alla mangiatoia,
respirando emanava un tremulo calore
nascondeva la sua coda corta,
scuotendo la sua folta criniera.
Gli agnelli guardavano felici

il Bambino sconosciuto
e come tutti i cuccioli,
volevano giocare con Lui.
E il bue rimase silenzioso e immobile
cercando risposte alla domanda,
come se fosse un esame:
"Perché il Bambino è nella mangiatoia delle capre?"
E la madre del neonato è Maria,
splendente di santa gioia...
E nel cuore cresceva una tempesta di emozioni,
dal dono del destino.
Il Bambino si guardò intorno nella stalla
la fragranza dell'amore si espandeva
come una cascata invisibile
e tutti erano meravigliosamente felici.
Tutto era meraviglia quella notte,
tutto al di sopra della natura...
E persino un branco di lupi nel campo
parevano mansueti per il Natale.

Утренняя заря
На Рождество Богородицы.

Час настал для тьмы, рассвета:
Родилась во тьме Заря
И душа Её, из света,
Стала вместо алтаря.
Сенью, избранной для Бога,
Стала девичья душа
И вела её дорога,
К утру мира не спеша.
Освещала тьмы округу
Сердца светлой чистотой
И гнала из душ прочь вьюгу,
Чувств незримой теплотой.
И росла, росла над тьмою,
Духа, полнясь вся Огнём
И росла над всей землёю,
Перед главным мира днём.
И ввела Она в мир Солнце,
Изгоняя мира тьму
И, душ, в каждое оконце
Заглянуть дала Ему.

L'alba del Mattino
Nella Natività della Vergine.

È giunta l'ora delle tenebre e dell'alba:
sorge l'aurora dall'oscurità
dalla luce la sua anima,
e divenne un altare.
Scelta come dimora di Dio,
l'anima verginale
ha seguito la sua strada,
verso l'alba del mondo.
Rischiarò le tenebre
la luminosa purezza del suo cuore
allontanò dalle anime tempesta
il suo amore etereo.
E cresceva, cresceva al di sopra le tenebre,
l'anima riempiendosi di Fuoco
e crebbe su tutta la terra,
prima del grande giorno del mondo.
E nel mondo portò il Sole,
bandendo le tenebre
e alle anime, da ogni dove
ha permesso di guardare il Signore.

DANTE MAFFIA – ДАНТЕ МАФФИА

Dante Maffia è stato segnalato da Aldo Palazzeschi e Leonardo Sciascia che, con Dario Bellezza, lo consideravano "uno dei poeti più felici dell'Italia moderna". Nel 2004, Ciampi, l'allora Presidente della Repubblica Italiana gli ha conferito una medaglia d'oro per meriti culturali.

На **Данте Маффиа** авторами указали Альдо Палаццески и Леонардо Скьяша, которые вместе с Дарио Беллеццей считали его "одним из счастливейших поэтов современной Италии".
В 2004 году Чампи, на то время президент Итальянской Республики, наградил его золотой медалью за культурные заслуги.

L'errore di Milone

Quel vento acido che fa crescere
zanzare e tamerici all'incrocio
del Coscile e del Crati,
nella piana arsa dal sole,
non è vile inerzia,
abbandono, imputridite favole,
ma sospiri del Dio
che vide i Templi cadere
e non poté porre rimedio,
perché ebbro e disteso in riva al mare
alla sua ancella raccontava sogni
d'un futuro di luce.
Non è morte che suona nelle acque,
un canto scorre limpido nei virgulti,
un canto nuovo
che muterà la tua la mia sostanza,
sconfiggerà le ombre,
e i muti pini
lieti dirameranno ai quattro poli
l'errore di Milone.

1972. Scritto a matita nell'ultima pagina bianca de "La casa delle belle addormentate" di Yasunari Kawabata.

ВалентГрех Милона

Ветра кислота, что множит
Тамарисков с комарами,
Там, где солнце изничтожит
Перехлёст Совет/Уклада,
Не трусливая инертность, тлен и не гнилые сказки,
А знамения то Бога, что видал, как пали храмы.
Он исправить был не в силах,
Пьяный он лежал у моря,
И служанке ведал грёзы
О их будущем без горя...
Нет, не смерть играет в водах:
Песнь прозрачно тут струится
И в побегах, эта ода
В корне новая сквозится.
Та, что лихо побеждает
Тени и немые сосны
Четвертуясь полюсами
Радуясь греху Милона.

(Перевод: Ленуш Сердана)

Надпись карандашом на последней странице "Дома спящей красавицы" Ясунари Кавабаты. 1972год.
Перевод с английского Клаудии Пиччино.

СВЕТЛАНА ПОПОВА – SVETLANA POPOVA

Родом с Урала, живу в Сибири в городе Тобольске Тюменской области. Стихи пишу с 2020 года. Люблю пейзажную и философскую лирику. Пробую свои силы в прозе и песенном жанре. Вдохновение для своих произведений черпаю в природе родного края, истории и архитектуре любимого Тобольска. Организовала поэтическую фотовыставку «Край счастливых людей», сопроводив фотоработы своими стихотворениями. Член Российского союза писателей.

Popova Svetlana Vladimirovna Originaria degli Urali, vive in Siberia. Scrive poesie dal 2020 e si dedica alla lirica paesaggistica, filosofica e civico-patriottica. Si cimenta anche nella prosa e nella canzone. Trova ispirazione dalla natura, dalla storia e dall'architettura del suo amato Tobolsk. Insieme al fotografo Vladimir Popov ha tenuto una mostra, accompagnando le fotografie con le sue poesie. Numerosi i riconoscimenti e i premi letterari e le antologie a cui ha collaborato.

Рябиновая примета

Красотка Осень, убегая прочь,
Пернатой братии решив помочь,
Оставила несметные богатства.
Рябины ягод столько запасла,
Что закраснели ближние леса,
Клонясь к земле, удерживая яства.

Так в алых красках к нам пришла зима,
Куда ни глянь- рябины хохлома
Украсила собой дворы и скверы.
Хоть любовались все, но между тем
Известно, ягод много - жди проблем,
Морозы не потерпят полумеры.

Прошло уж ползимы, морозов ждём.
К концу февраль, а птичкам нипочём,
Пируют на развесистых рябинах.
Сороки, свиристели, воробьи
Чирикают мелодии свои,
Как гимн весне на зимних проводинах.

20.02.22

Presagio del sorbo

La bellezza dell'autunno fuggì via,
avendo deciso di aiutare i fratelli alati,
ha lasciato in eredità innumerevoli ricchezze.
Le bacche di sorbo, ce ne sono così tante
che incendiano vermigli i boschi vicini,
i rami chinandosi, trattengono le bacche.

Così l'inverno è arrivato a noi in colori scarlatti,
dovunque si guardi - il sorbo ha decorato
cortili e giardini.
Anche se tutti le ammirano
molte bacche proveranno dolore.
Il gelo non tollera mezze misure.

Mezzo inverno è passato, aspettiamo il gelo.
Entro la fine di febbraio, non importa agli uccelli
che pasteggiano sui sorbi frondosi.
Ghiandaie, cince, passeri
cinguettano le loro melodie,
un inno alla primavera sulle corde dell'inverno.

Заплутала весна

Заплутала весна,
Не находит в сугробах дороги.
Задувает метель,
С крыш сметая белёсую пыль.
Ветки клонит сосна,
Снег пушистый швыряя под ноги.
Перемётом кудель
Над тропой, словно в поле ковыль.

Лишь собачьи следы
По перине свежайшего снега
Убегают от нас,
Увлекая весну за собой.
Вновь засыпав сады
Полметровым ковром-оберегом
Снег, на землю ложась,
Обещает вселенский покой.

Загрустила весна,
Опуская сосульки- ресницы.
"Что со мною не так?
Я хотела бы всех обогреть.
Я любовью полна,
А взамен достаю рукавицы.
Может это пустяк,
Но боюсь расцвести не успеть."

Завируха кружит
Чуть замедлившись в вальсе-бостоне.

Заглушая тоску,
Ожидая прихода весны.
Дней морозных лимит
Весь растрачен был в этом сезоне.
Март уже начеку,
Чтоб растаять и ждать новизны.

24.03.22

La primavera si è persa

Non trova la strada tra i cumuli di neve.
La bufera soffia,
spazzando via polvere bianca dai tetti.
I rami di pino si piegano,
gettando ai tuoi piedi la soffice neve.
Un vortice
sopra il sentiero, come un campo di erba.

Solo le impronte dei cani
-sulla fresca coperta di neve-
fuggono da noi,
portando via la primavera.
Riempie di nuovo i giardini la neve
con un manto di mezzo metro
posandosi a terra,
promette pace universale.

La primavera è triste,
dalle sue ciglia cadono gocce di ghiaccio.
"Cosa c'è che non va?
Vorrei donare calore.
Sono piena d'amore
e invece tiro fuori i guanti.
Forse non è nulla,
ma temo di non riuscire a fiorire in tempo."

La tempesta danza in tondo
rallenta appena nel valzer di Boston.
Trattiene la malinconia,

aspettando l'arrivo della primavera.
Il numero dei giorni gelidi
è ormai esaurito in questa stagione.
Marzo è già in allerta,
per sciogliersi e aspettare il nuovo che arriva.

GIANPAOLO MASTROPASQUA – ДЖАНПАОЛО МАСТРОПАСКВА

Gianpaolo **Mastropasqua**, (novembre 1979) Dottore Psichiatra e Maestro di Musica, clarinettista, è nato a Bari. È tra i 7 poeti contemporanei scelti per il documentario "Il futuro in una poesia" della regista Donatella Baglivo, presentato alla Mostra del Cinema di Venezia.

Джанпаоло Мастропасква (ноябрь 1979), доктор философии и мастер музыки, кларнетист, родился в Бари. Он входит в число 7 выдающихся поэтов, выбранных для документального фильма «Будущее в стихотворении» Донателлы Багливо, представленного на Венецианском кинофестивале.

Voce fuoricampo

Sono l'ultimo della mia specie
posso procedere in posizione eretta
senza vacillare, guardare le aquile
e divenire vento, senza fiatare
aprire il cielo senza incendiarmi,
non ho altari per inginocchiarmi o
divorare, non ho madri né padri, e voi
non siete miei fratelli, né miei figli.
Vi ascoltai brancolando, come si ascolta
un rumore di vuoti sovrapposti
e caduti, nel ripostiglio della grazia,
ero io la danza nel labirinto temporale
dei corpi, il chiodo fisso di un dio
di famiglia, quella sinfonia incompiuta
e incarnata, un setticlavio ferito, una morte
di sette consonanti, il legno che beveva l'aria
per cantare più forte, e ho mentito solo
per amore, perché avevo un'altra lingua
che non vi appartiene, un altro cuore
da battere e un nome d'ossigeno.
Ho cercato di sembrare un vostro simile
di essere una retorica, un imbroglio,
una marcia funebre di formiche fulve,
un attore rupestre, un saltimbanco
della domenica, una recita, una chiesa,
avevo fili silenziosi per accorciarvi la distanza
dalle stelle, ma per voi ero solo un'anima
appassita, nel portafiori del mondo, una parola

che taceva per rimanere viva, un'ombra
seduta, sul tavolo dei vostri astri visibili
con una mano per spegnere la luce
e l'altra per accendere il buio.

Голос свыше

Мне нет подобных, я такой один:
Могу идти вперёд, не дрогнув, не свернув.
Я ветром стать могу, с орлами до вершин
Взлететь. И не сгореть, на небеса рванув.

Где мой алтарь? Колен не преклонить.
Вы все мне – не родня, свою не знаю мать.
Я слышал, в пустоте искали нить,
Наощупь шли, на шум, туда, где благодать.

Я - в лабиринте времени- танцор,
На теле Бога я –тот неподвижный гвоздь.
Я - бесконечной музыки узор,
И наконец то смерть! Так задалось.

Я – дерево, что дышит, чтобы петь,
Я может лгал кому, но только из любви,
Язык мой – незнакомый был тебе,
Другое сердце, чтобы билось, оживил.

Я быть хотел похожим на тебя,
Все фразы нужные - дискуссия, обман,
Спектакль, марш похоронный муравья,
Рок –музыкант, служитель церкви, балаган…

Я мог молчать, чтоб свой полёт до звезд
Мог сократить ты. Для тебя ж я был душой,
Увядшей в колыбели мира, гость,
Был тенью молчаливою с тобой.

На звёздном своде проживу сто лет,
Своим бессмертием заполнив пустоту.
Одной рукой своей гасящий свет,
Чтобы второй рукой включить вам темноту.

(Перевод: Светлана Попова)

ИРИНА ТИХОМИРОВА – IRINA TIKHOMIROVA

Ирина Тихомирова, город Санкт-Петербург (Россия). Доктор, Блогер - Влогер, писатель, драматург, космополит, эмансипе - et cetera... Поэт – автор изданных сборников стихов: «От агапе до эмансипе» (любовная лирика) и «Глюки старой злюки» (гражданская лирика). Фонтанирую талантами активно и актуально в социальных сетях: Стихи.ру, Проза.ру, Youtube.com, Фейсбук, Инстаграм, ВК. ПоГУГЛите в Сети: ИРА Тихомирова (фото на аватарке аналогичное) - читайте! смотрите! слушайте! Welcome! До встречи в Сети!

Irina Tikhomirova, città di San Pietroburgo (Russia). Medico, blogger, scrittrice, autrice di opere teatrali, cosmopolita, emancipata. Autrice delle raccolte di poesie *«От агапе до эмансипе»* (Dall'agape all'emancipazione, liriche d'amore) e *«Глюки старой злюки»* (Glitches of the old mean girl, liriche civili). Attiva sui *social network*: Poems.ru; Prose.ru; Youtube.com; Facebook; Instagram; VK. Cercatemi nel web: leggete! guardate! ascoltate! Benvenuti! Ci vediamo online!

***

Вечер романтический
При свечах –
От моей критичности
Весь зачах.

Сквозь дождя вуальную
Пелену –
Все слова печальные
К сердцу льнут.

Вперила взор пристальный
Сквозь года –
Там, где с тихой пристанью
Не в ладах,

И судьбу по-прежнему
Не любя –
Я живу. Безбрежная.
Но… без тебя.

***

Serata romantica
a lume di candela –
sciupata sfiorita
con le mie parole di biasimo

In un velo di pioggia
un velo
su tutte le parole tristi
su tutte le parole vuote
che si aggrappano al cuore.

Lo sguardo fermo
nel corso degli anni -
lì, dove c'è un porto tranquillo
senza alcuna armonia

E il destino è ancora lo stesso
non amare -
Io vivo. Senza limiti.
Ma senza di te.

***

Из скопища месяцев года -
Ну надо же выбрать фе-враль!
Ты тоже – пурга, непогода,
Беспечный бродяга и враль.

Но даты мелькают и числа –
Судьба приготовила счет…
Жизнь! Нет в ней особого смысла,
Но хочется счастья. Еще!

***

Tra tutti i mesi dell'anno –
beh, devi scegliere febbraio!
Anche tu – bufera di neve, tempesta,
vagabondo sbadato e bugiardo.

Ma le date lampeggiano e
scorrono i numeri –
il destino ha redatto il suo conto
La vita! Non ha tanto senso
e io voglio essere felice. Ancora!

DONATELLA NARDIN – ДОНАТЕЛЛА НАРДИН

Sono nata e risiedo a Cavallino Treporti-Ve. Mie poesie e racconti, pluripremiati in numerosissimi concorsi letterari, sono presenti in Antologie, in riviste di settore, anche straniere, in siti web e in lit-blog dedicati. In poesia ho pubblicato: per le Ed. Il Fiorino *le ragioni dell'oro*, per Fara Ed. *Terre d'acqua, Rosa del battito e L'occhio verde dei prati* in edizione bilingue italiano-inglese a cura di Ivano Mugnaini e per Aletti Ed. *Il dono e la cura* con la traduzione in arabo di Hafez Haidar.

Я родилась и живу в Каваллино Трепорти-Ве. Мои стихи и рассказы, отмеченные наградами на многочисленных литературных конкурсах, представлены в антологиях, в литературных журналах и блогах, в интернет, в том числе за рубежом. У меня вышли три поэтических сборника на итальянском языке, а также двуязычное итальянско-английское издание под редакцией Ивано Мугнайни и сборник поэзии в переводе на арабский Хафеза Хайдара.

E poi il mare

E poi il mare.
Così silenzioso, così contrito
nel calice muto del petto
come se al mondo più nulla
esistesse
E poi l'onda notturna, così stretta,
vibrata, come un lampo d'imbiancate
memorie sul piazzale assonnato.
Accoglie la notte e le sue moltitudini
grate lo smeraldo splendente,
indistinto qua e là fino a graffiare
la bocca, ogni volta di più
esposti noi nell'urgenza dell'essere
o nel mancarsi pacato
noi figli di un acquoreo disegno
all'infinito.

А потом будет море

Так тихо и такое сожаление
В немой груди, как будто невозможно
В огромном мире больше ничего.

Волны ночной и узкой приближение,
Всплеск выбеленной памяти тревожной
О сонном дворике из детства моего.

Двор ночь встречает изумрудным блеском
И благодарных сумеркам прохожих,
Пока не оцарапает уста:

Предстанем перед скоротечным веком,
Пред тихою тоской о нас, похожих
На дочек моря. Вечная тоска.

(Перевод: Аксинья Новицкая)

L'estate lenta

Strofina l'azzurro sulla pelle l'estate
lenta: dai piedi nudi della mia terra
escono rondini alle verdi radici
e due ombre con il mio stesso
volto – quello di ieri, quello di oggi –
nell'ombra il passato è presente
ma scivola via veloce il tempo
nelle sue ritrosie.
Presto non potremo più correre
nell'aureo lucore delle sue sponde,
dalla memoria dei luoghi presto
non potremo più suggere calda
la vita, dimorarci in essa se tutto passa
smarrendo i suoi mari e i suoi venti

lasciando la triste dolenza
di chi nel fuoco dell'estate come

in un rogo di farfalle si smarrisce.

Медленное лето

Широкой кистью покрывает кожу
Индиго-тенью медленное лето:
От ног босых на ласточек похожи
Вспорхнут два призрака с моим обличьем —

Вчера я и сегодня — ощутимо
Ушедшее во тьме, его портреты
Еще свежи, но ускользают мимо
Руки, лишая время его величья.

И скоро мы уже не пробежимся
В сверканьи золотом прибрежьем детства,
И не глотнем тепла и света жизни,
Не сможем жить там. Если все пройдет,

Мы потеряем и моря, и ветер,
И будет некуда лишь нашей боли деться,
И мы горим ей, в памяти о лете,
Как бабочка, попавшая в костер.

(Перевод: Аксинья Новицкая)

ВИКТОРИЯ ЕРУХ – VICTORIA ERUKH

Виктория Львовна **Ерух**, родилась 2 февраля 1993 года в г. Краснодар, где проживает в настоящее время. Закончила Краснодарский филиал Академии труда и социальных отношений по специальности "Государственное и муниципальное управление". Осуществляет трудовую деятельность в Международном аэропорту «Краснодар» имени Екатерины II на должности техника по учёту. Любит творчество во всех его проявлениях. Пишет стихи и прозу: от любовной лирики до публицистики. Иногда занимается мелодекламацией. Лауреат и победитель различных литературных конкурсов в числе которых: Фестиваль ВСЕМПОЭЗИИ (1 место по г. Краснодар, 2023 г.). Конкурсы поэтических переводов: Молодёжный фестиваль поэзии "Берега дружбы" и "Сожские Берега дружбы"

(финалист, 2023 г.). В конце 2022 года участвовала в проекте от телеканала ОТР "Страна поэтов" со стихотворением Роберта Рождественского. В апреле 2023 принимала участи в акции "Рифмы Победы" от телеканала "Краснодар". Постоянный участник эфира интернет-радио "Стихийное" (г. Курск). Публикуется в интернет-сети, в литературных журналах и сборниках. Также, имеет пять собственных сборников стихов и прозы, созданных на портале Ridero. Является членом Клуба молодых литераторов Кубани при региональном отделении союза писателей России.

Victoria Lvovna Erukh è nata nel 1993 a Krasnodar, dove attualmente vive. Si è laureata in Amministrazione statale e comunale presso l'Accademia del Lavoro e delle Relazioni Sociali di Krasnodar. Ama la creatività in tutte le sue manifestazioni. Scrive poesie e prosa: dalle liriche d'amore al giornalismo. A volte si dedica alla recitazione melodica. Poetessa Laureata e vincitrice di vari concorsi letterari, partecipa spesso a progetti televisivi e alle trasmissioni della radio Internet "*Spontaneous*" Kursk. Le sue opere sono pubblicate in riviste e rantologie letterarie online. Inoltre, ha cinque sue raccolte di poesia e prosa create sul portale Ridero. È membro del Club dei giovani scrittori di Kuban presso la sezione regionale dell'Unione degli scrittori della Russia.

Я люблю тебя, море

Синее море - бескрайняя даль,
Волны шумят, разбиваясь о скалы,
Здесь забываю про боль и печаль,
И начинаю свою жизнь сначала.

В этом просторе - свобода и власть,
Море ласкает своим тёплым бризом,
Повод мне духом даёт не упасть,
Даже, когда мир тоскою пронизан.

Море окутало мир волшебством,
Свежесть солёная врезалась в память.
Слышу хрустальную музыку волн,
Музыку что красотою дурманит.

Там, где вода и небесный простор
Синтез со мной образуют единый,
Бриз обнимает хребты сонных гор,
Чувствую радость и пью капучино.

Эта картина коснется души
В сердце создаст измерение счастья.
«Море люблю», - прошепчу я в тиши, -
«Море спасёт от проблем и ненастий».

Amo te, mare

Il mare blu - un'infinita distesa,
s'infrange con frastuono sugli scogli,
qui dimentico il dolore e la tristezza
e comincio la mia vita da capo.

In questo spazio c'è libertà e potere,
il mare mi accarezza con la sua brezza calda,
mi dà il coraggio di non cedere,
anche quando il mondo è pervaso dalla malinconia.

Il mare ha avvolto il mondo con la sua magia,
la freschezza salata resta incisa nella memoria.
Sento la musica cristallina delle onde,
una musica che inebria con la sua bellezza.

Là dove l'acqua e lo spazio celeste
si fondono con me in un'unica sintesi,
la brezza abbraccia le cime delle montagne addormentate,
provo gioia e bevo un cappuccino.

Questa immagine toccherà l'anima,
nel cuore creerà una dimensione di felicità.
"Amo il mare", sussurrerò nel silenzio,
"Il mare mi salverà dai problemi e da tutte le intemperie".

Моё лето

Город плавится, а вместе с ним и мысли.
Кислород смешался с газом углекислым.
Как в пустыне бьёт в лицо горячий ветер...
Где же взять, скажите, метеоконвертер?

Южный город хочет капельку прохлады,
Чтобы дождь с небес пролился водопадом,
Только в меру. Не хочу плыть по дорогам
Как обычно: беззащитной, босоногой.

Ведь в моей промокшей, хрупкой оболочке
Нужно в море плавать - это знаю точно.
Чтоб почувствовать себя русалкой вольной,
А не старенькой, скрипучей антресолью.

Или в лес уйти хотя-бы на неделю,
Это лучше ежедневной канители.
Но пока что - дом, работа - все по кругу.
Жду, когда протянет летний вайб* мне руку.

*Вайб - атмосфера, позитивные вибрации.

La mia estate

La città si scioglie, e con essa i pensieri.
L'ossigeno si mescola con l'anidride carbonica.
Come vento caldo che colpisce il viso nel deserto...
Dove posso trovare, ditemi, un convertitore meteorologico?

La città del sud desidera un po' di frescura,
così che la pioggia cada dal cielo come una cascata,
nella giusta misura. Non voglio vagare per le strade
come al solito: indifesa, a piedi nudi.

Dopotutto, nel mio guscio umido e fragile
devo nuotare nel mare - ne sono sicura.
Per sentirmi come una sirena libera
e non come un vecchio, scricchiolante mobiletto.

Oppure andare nella foresta almeno per una settimana,
è meglio della monotonia quotidiana.
Ma per ora - casa, lavoro - tutto uguale.
Aspetto che l'estate mi tenda la mano con le sue vibrazioni positive.

FELICE PANICONI – ФЕЛИЧЕ ПАНИКОНИ

Felice Paniconi, docente, dottore di ricerca in Italianistica, collaboratore e autore di saggi sull'Annuario dell'Associazione Storica per la Sabina, ha pubblicato: *Se della rima il bacio* (1987); *Demotica* (2008); *Connessioni* (2022). Ha curato *Rime sabine, antologia di poeti* (2006) e *Poesie d'amore, poeti italiani del terzo millennio* (2011) Loreto Mattei, *Teorica del verso volgare e prattica di retta pronuntia con un problema delle lingue latina e toscana in Bilancia*, Il Formichiere, Foligno, 2023. Con il pittore Amedeo Graziani ha realizzato *Spedizioni* (2012) e *Carte a(s)sorte* (2018). È presente nell'antologia *Braci. La poesia italiana contemporanea* (Bompiani, 2021).

Феличе Паникони доктор философии по итальянской литературе, соавтор книги Сагги Суллуарио "История ассоциации Сабины", опубликованной в изданиях: "Се делла Рима и бачио" (1987); "Демотика" (2008); "Коннессиони" (2022). Курато Рим Сабина, "Антология поэзии" (2006) и "Поэзия любви", "Итальянские поэты тысячелетия" (2011) Лорето Маттеи, "Теория версо вольгаре" и "Практика ретта пронунция" в связи с проблемой латинского языка и тосканы в Билансии, Иль Формичьере, Фолиньо, 2023. Кон иль питторе Амедео Грациани "как осуществить мечту" (2012) и "Выбор блюд" (2018). Настоящая антология Браки. Современная итальянская поэзия (Бомпиани, 2021).

Sotto altra forma in cielo
ritornerà la neve
per unirsi alle stelle
strette dietro le nubi
mentre altre, multiformi,
nuotano tra improvvisi
varchi e ripetuti cedimenti.

Sotto altra forma in cielo
ritorneranno le anime sfuggite
alle mani cieche dei demoni.

Impossibile volgere le spalle
camminando all'insegna
di una filosofia della ragione
abitata dai demoni della notte.

К небесам вернётся белый снег.
Он свои изменит очертанья.
Чтобы слиться с звездами навек
Узкими лучами в мирозданьи.

Многогранность избранных светил
Дарит жизнь космическим провалам.
Пусть плывут сквозь мрак и ночи ил
Звезды вдаль блестящим покрывалом.

Очертаньем новым в небесах
Души убежавшие вернутся.
Демоны, что дремлют на часах,
Слепо к ним мечтают прикоснуться.

Невозможно не смотреть наверх.
Такова вечерняя прогулка.
Философий разума успех.
Демоны ночные ходят гулко.

(Перевод: Юлия Хаперская)

Al mattino l'ansia dei gabbiani

è prendere il volo e mordere l'aria
ma smarriti sembrano
se il vento non conduce
e invano aprono le ali
bianche, ripiene di luce.

Figli tristi del cielo:
nel loro cuore si serra,
tuffandosi nel mare,
il coraggio della terra.

Prendere il volo e mordere
L'aria è al mattino
L'ansia dei gabbiani.

A sera le stelle scendono
e solo il silenzio pare
vegliare in piedi sui tetti
ma non annega l'onda
nei fondali del mare.

Тревожен чаек утренний полёт.
Они взлетают и кусают воздух.
Но, если ветер вдаль их не ведёт,
Напрасны белых светлых крыльев слёзы.

Печальны дети неба: в их сердцах
Глубины моря, мужество закатов.
Кусая воздух, мчаться в небесах-
Тревога чаек, что звучит раскатом.

Но ниже звёзды, ближе тишина.
Лучи на крышах, а волна на море.
И не исчезнет гребней синева
В искрящемся, таинственном просторе.

(Перевод: Юлия Хаперская)

ВИКТОРИЯ КУРБЕКО – VICTORIA KURBEKO

Член союза писателей Беларуси с 2017 г., лауреат премии Министерства культуры Республики Беларусь 2018 г. Участница клуба молодых литераторов при СП России (с 2020 г. по н.в)
Публикации в международных альманахах от международной литературной ассоциации "Содружество" и "Za вдохновение", российских журналах "Краснодар литературный, "Словодар", белорусских журналах и газетах ("Вечерний Минск", "Первоцвет", "Молодость", "Немон" и др.)
Автор серии сборников стихов и сказок для детей. Лауреат различных международных, всероссийских и региональных конкурсов.

Victoria Kurbeko è autrice di una serie di antologie di poesie e fiabe per bambini. Le sue opere sono pubblicate regolarmente su riviste letterarie in Bielorussia e Russia, nonché in diverse importanti raccolte internazionali (tra cui un'antologia in cui sono stati inclusi solo otto autori, pubblicata dal Ministero della Cultura della Federazione Russa nel 2022). La poeta partecipa regolarmente a workshop e incontri creativi del club degli scrittori russi della sezione di Krasnodar. Da agosto 2023 è redattrice della sezione di poesia e prosa nella rivista *SlovoDar* (Krasnodar). Numerosissimi sono i premi (spesso vincitrice di festival), i diplomi e i riconoscimenti a lei assegnati, tra cui: il premio del Ministero della Cultura della Repubblica di Bielorussia nel 2018. Collabora con vari compositori, esegue canzoni da sola (soprano lirico). Alcune delle sue canzoni ortodosse sono entrate nel repertorio del coro della chiesa.

Lavora inoltre come modella nella pubblicità e si cimenta nella recitazione cinematografica.

Лето любви

В озорные зори
Искупались в море.
На ресницах-лето,
А в душе -прибой.

Кто-то, знавший горе
Вновь познал love story,
Ты гуляешь где-то
Весь пропахший мной.

Погуляй…. Карнизы
Любят снов загадки…
Я насквозь пропахла
Скошенной травой.

Радуги нам снизу-
Сверху ставят латки,
Чтоб любовь не чахла:
А кричала - "мой…"

Снов загадка -море…
Озорные зори
Толстой пяткой давят.
На июле след.

Сто хмельных историй,
Тысячи love story…
Нами лето правит -

Здесь - а завтра -нет...

Улетит скворцами
За лазурный берег,
Вновь наступит осень -
Повелитель Снов.

Горы нам - дворцами,
Лето - жизни терем.
Янтарём из сосен
Сохраним любовь!..

Estate d'amore

Le albe malandrine
bagnate dal mare.
Sulle ciglia - l'estate
e nell'anima - un surf.

Qualcuno che conosce il dolore,
sperimenta di nuovo una storia d'amore,
tu stai passeggiando da qualche parte
con il mio profumo.

Passeggi... I cornicioni
amano gli enigmi dei sogni
ho annusato a fondo l'odore
dell'erba tagliata.

Per noi, dal basso appaiono arcobaleni
su cui sopra mettono rattoppi,
perché l'amore non appassisca:
e lei gridava - "Mio"

Ancora un enigma - il mare
le albe maliziose
lasciano un'orma profonda.
Una traccia a luglio.

Cento storie avvincenti,
migliaia di storie d'amore...
L'estate ci governa -
qui - e domani - no...

Volerà via con gli storni
oltre la Costa Azzurra,
ritornerà di nuovo l'autunno -
il sovrano dei sogni.

Le montagne per noi sono come palazzi,
l'estate - dimora della vita.
Con l'ambra dei pini
conserviamo l'amore.

Море осеннего цвета

Многоточием на проводах
Август тихой стрижиною стаей.
Вот и всё... С неба хлещет вода,
Засыпает земля, засыпает...

И, туманом наполнив глаза -
Это всё, что от моря осталось -
Волны гонит не шторм, не гроза:
Пузырится на лужах усталость.

И багрянец не красит восток,
На плечах только смутное жжение.
Вот причалил кленовый листок,
Как челнок в миг кораблекрушения

Это Грей не доплыл до Ассоль,
Грёз венок ею будет храниться...
И морская холодная соль
Ливнем осени жжёт на ресницах.

Ах, Ассоль, здесь твоей нет вины,
Просто море осеннего цвета,
Ты храни яркий свет до весны,
В рукавицы от вьюг спрятав лето...

Август лодкою канул на дно,
Алый парус изорван...Меж сосен
Неизбежностью рыжей одно -
Снова осень, друзья. Снова осень...

Il mare colore d'autunno

Ellissi sui fili
agosto è un tranquillo stormo di rondini.
Questo è tutto... L'acqua scende dal cielo,
la terra si addormenta, si addormenta...

E gli occhi si riempiono di nebbia -
questo è tutto ciò che è rimasto del mare -
non è una tempesta né un uragano che spinge le onde:
la stanchezza ribolle nelle pozzanghere.

E il rosso non colora l'alba,
sulle spalle solo una vaga bruciatura.
Ecco che arriva una foglia d'acero,
come una barca naufraga.

È stato Gray a non nuotare fino da Assol, *
custodirà una ghirlanda di sogni...
E di freddo sale marino
la pioggia d'autunno brucia sulle ciglia.

Ah, Assol, non è colpa tua,
solo un mare dai colori d'autunno,
tu mantieni la luce brillante fino alla primavera,
celando l'estate nei guanti alle bufere di neve.

Agosto è affondato sul fondo della barca,
la vela scarlatta è strappata. Tra i pini
il destino del rosso
è di nuovo autunno, amici. Di nuovo l'autunno.

Dal romanzo fantasy russo **Scarlet Sails** *di* ALEXANDER GRIN

MARGHERITA PARRELLI – МАРГАРИТА ПАРРЕЛЛИ

Margherita Parrelli è nata e vive a Roma dove si è laureata in filosofia. Dopo molti anni di studio e lavoro all'estero come freelance per il Bayerischer Rundfunk, la RAI, *Il Mattino* di Napoli e come insegnante di italiano, attualmente si occupa di donne vittime di violenza. Ha pubblicato cinque raccolte poetiche e ricevuto diversi riconoscimenti.

Маргарита Паррелли родилась в Риме, где окончила философский факультет и вернулась жить после многих лет, проведенных за границей. Она работала внештатным сотрудником на немецком радио Bayerischer Rundfunk, итальянском общественном телевидении RAI, неаполитанской газете *Il Mattino* и преподавателем итальянского языка. На данный момент работает в итальянской ассоциации женщин - жертв насилия. Она опубликовала пять книг стихов и была удостоена нескольких премий.

Quale immagine

Quale immagine sarà efficace
per risvegliarci
o forse non sarà un'immagine
ma una scorribanda infernale
di sonagli spaventosi
che annunciano il precipizio
e noi giù di corsa senza pensarci
richiamati dal desiderio di farla finita
camuffato in principi inderogabili.
Mantelline celestiali all'uncinetto
scialli fioriti dal bordo verde
cuffiette da notte fuori moda
babbucce cucite per essere perse
lunghe camicie nottambule
indossate da vecchi assonnati
affannosamente sospinti dall'ultima paura
e una luce di candela in fondo al buio
che scambiamo per pace perpetua

(inedita, 2023)

ПРОСЫПАЙСЯ!

Какая картина поможет,
Разбудит уснувшие души?
А может быть будет не образ,
А музыка, действие, звук?
И мы побежим без оглядки,
С желанием быстро разрушить
Фальшивое, костное, злое,
Пожатием трепетным рук.

Мы скинем немодные шали,
И сбросим ночные сорочки
Где зайцы, цветы или совы,
И выкинем шапки для сна.
А свет, что все ждут за тоннелем,
Пусть даже малюсенькой свечки,
Окутает сердце покоем,
А после, конечно, весна.

(Перевод: Наташа Пекарж)

Come si fa hai chiesto a viaggiare

Come si fa hai chiesto a viaggiare senza avere una valigia
forse che Enea ne possedeva una quando si lasciava alle spalle
la città e la storia che aveva creduto appartenergli e il fuoco
bruciava l'ultimo dei suoi ricordi almeno così doveva sembrargli?

E invece li portava con sé tutti
nelle gambe del padre
nelle promesse del figlio che piangeva
in silenzio la scomparsa della madre inessenziale al mito
ché le città si possono fondare senza donne ma non popolare.

Non esiste condottiero senza esercito ti ho risposto
né architetto senza operai che sappiano tagliare in squadra
e le parole sono sembrate appesantite da riferimenti
che non volevo porre
allora ho preso una pezza grezza
l'ho distesa sulla terra e vi ho messo tutto ciò che ti serviva
poi l'ho chiusa con un filo d'erba selvatica e ti ho mostrato
come andare

da *Falling down*, La Vita Felice, 2014

Путешественник

Путешественник без багажа
Часто тот, кому надо сбежать.
Был не нужен Энею-герою,
Чемодан средь пылающей Трои.
Позади он оставил свой дом,
Сдав огню, всё что нажито в нём.
Что он чувствовал? Как ему было,
Бросить всё, что так дорого-мило,
Запретить себе плач и стенания.
Взяв с собою лишь воспоминания,
Что терзали его без конца.
Были в поступи грузной отца,
И в молчанье трагическом сына,
Что оплакивал мамы кончину.
В мифе матери смерть не важна.
Город строить не может она.
Только как, вы скажите тогда,
Не родив, населить города?
Лишь солдатом силён полководец,
И правителя сила в народе…
Про Энея напомню я вам,
Чтобы веса добавить словам.
Мне осталось лишь холст натянуть,
На картине собрать эту суть,
Холст упругой осокой связать
Чтобы вам верный путь показать.

(Перевод: Наташа Пекарж)

ЮЛИЯ ЛОБАЧЕВА – JULIA LOBACHEVA

Живет в Санкт-Петербурге. Пишет стихи и прозу, поёт. Обожает море. В поэзии, как и в людях, ценит эмоции и искренность. Издает сборники стихов и прозы с 2019 года.

Vive a San Pietroburgo. Scrive poesie e prosa, ama l'estate e il mare, canta e dirige serate letterarie. Nella poesia, come nelle persone, apprezza le emozioni e la sincerità. Pubblica raccolte di poesie e prosa dal 2019.

Время чудес
Благодарю за вдохновение друга и поэта Игоря Теровского.

Каждому в жизни даётся время чудес.
Может быть, в детстве, может быть, позже, когда
Будет казаться, что мир так жесток, надоест
Счастье искать и впустую тратить года...

Может, тогда и откроется истины свет,
Лёгкий, неяркий, как светлячок — смотри:
Всё, что ты чудом звал и считал, его нет
В жизни твоей — оно у тебя внутри.

Самый великий волшебник себе — ты сам.
Новое утро — время новых чудес.
Вот твоё чудо — в зеркале (верь глазам),
И волшебство — то, что ты на планете есть.

Il tempo dei miracoli
Per Il tempo dei miracoli, ringrazio l'amico e poeta Igor Terovsky, fonte d'ispirazione.

Ognuno nella vita ha il tempo dei miracoli.
Può essere nell'infanzia o forse più tardi, quando
il mondo sembrerà crudele tanto da diventare noioso
cercare la felicità e sprecare anni inutilmente...

Forse è allora che verrà rivelata la luce della verità,
leggera, non brillante, come una lucciola - guarda:
tutto ciò che chiamavi miracolo e credevi non esistesse
nella tua vita - è dentro di te.

Il mago più potente - sei tu.
Un nuovo mattino - tempo di nuovi miracoli.
Ecco il tuo - allo specchio (sì, credi ai tuoi occhi),
la tua meraviglia - è che esisti su questo pianeta.

Глаза в глаза

Ладонь в ладонь, глаза в глаза,
И свет влюблённых душ так ярок,
И всё, что сможем мы сказать
Друг другу — как подарок.
Любовь живёт в словах и снах,
И мир вокруг — лишь подтвержденье:
Всё, что храним в своих мечтах,
Реальным станет без сомненья,
Когда ладонь в ладонь, и вновь
Глаза в глаза, и души — рядом.
И обнимая нас, любовь
Ответит летним звездопадом.

Occhi negli occhi

Mano nella mano, occhi negli occhi
e la luce delle anime innamorate è così luminosa
e tutto ciò che possiamo dire l'uno all'altro
è come un dono.
L'amore vive nelle parole e nei sogni
e il mondo intorno a noi ne è solo conferma:
tutto ciò che custodiamo nei sogni
può diventare reale,
quando mano nella mano, e di nuovo
occhi negli occhi, le anime saranno vicine.
E abbracciandoci, l'amore
risponderà con una pioggia di stelle d'estate.

CLAUDIA PICCINNO – КЛАУДИА ПИКЧИННО

È nata a Lecce nel sud Italia, ma vive e insegna nel nord, a Bologna. Poeta pluripremiata e traduttrice, è redattrice delle riviste *Istanbul Gazette* e *Papirus*.

Она родилась на юге Италии(Лечче), но живёт и преподаёт на севере (Болонья).

Она поэтесса и переводчица, удостоена множества наград, редактор Истамбул Газеты и журнала Папирус.

Sono Teseo

Voglio abitare il tempo del non cuore
fune per l'arrampicata del pensiero.
Imbavagliata ogni emozione
provo a dissotterrare l'etica
e a rendere pan per focaccia alle illusioni.
Scendo a patti col Minotauro
per coabitare nel suo labirinto.
Non ho fretta di ritrovare Arianna.
Sono Teseo
e dorme la mia astuzia assieme al cuore.
Una necessità risale
dalle gole sperdute del mio ego
restare, specchiarmi nella Bestia,
riconoscere l'angolo di perfidia
in cui mi ospitò
e poi abbandonarla nel reticolo
delle zavorre implicite
che ostruiscono il mio andare.

Я Тесео.

Я хочу жить во времена несердечные
Верёвка для восхождения мысли
Каждая эмоция заглушена
Я пытаюсь раскрыть этику и вернуться к иллюзиям.
Я примиряюсь с Минотавром, чтобы сосуществовать в его лабиринте.
Я не спешу снова искать Арианну

Я Тесей
И моя хитрость спит вместе с моим сердцем.
Необходимость возникла ещё в прошлом
Из потерянных глоток моего эго
Останься, отрази себя в Звере.
Распознай угол предательства, где он меня принял, а потом бросил в решетки неявных балластом, которые мешают мне свободно ходить.

(Перевод: Валентина Смыслова)

ЛАРИСА ПУШИНА – LARISA PUSHINA

Лариса Юрьевна Пушина российская поэтесса. Два высших образования: факультет иностранных языков, юридический факультет. Лауреат и дипломант российских и международных литературных конкурсов. Публиковалась в альманахах, газетах, журналах, литературных сборниках. В сфере интересов искусство поэзии и другое современное искусство, классическая литература и музыка.

Larissa Yurievna Pushina è una poeta russa. Ha ottenuto due lauree: una alla Facoltà di Lingue Straniere e una alla Facoltà di Giurisprudenza. È stata premiata e ha ricevuto diplomi in competizioni letterarie russe e internazionali. I suoi scritti sono stati pubblicati in almanacchi, giornali, riviste e raccolte letterarie. I suoi interessi includono l'arte della poesia e altre forme d'arte contemporanea, la letteratura classica e la musica.

Волны

Мелодичные приливы,
многобликовый овал,
птичий гомон хлопотливый,
взглядов неба карнавал.

Удивляйся этим юным
волнам в ласковых лучах
и забудь, как быть угрюмым,
смыслы дней не в мелочах.

Посмотри как чайка, сверху,
йота вечности близка:
мальчик, замок, солнце в дверку,
счастье ветра и песка.

Onde

Maree melodiche,
ovali multiformi,
irritante il cinguettio degli uccelli,
insolite vedute dal cielo.

Meravigliati di queste giovani
onde sotto dolci raggi
e dimentica di essere triste,
il senso dei giorni non è nei dettagli.

Osserva dall'alto come un gabbiano,
la goccia dell'eternità è vicina:
un ragazzo, un castello, il sole nella porta,
felicità di vento e di sabbia.

Рим

В столице на семи холмах
имперские лады в домах,
высоты права в зеркалах,
живёт античности размах.

Люблю я Рим, великий Рим,
он всех зовёт: «Поговорим?
Об эрах, вечности души
ты истины скорей пиши».

Мгновения из нот эпох,
где мифы, Цезаря всполох,
сияния наук, блаженств
и католических торжеств.

Roma

Nella capitale sui sette colli
imperiali tracce aleggiano nelle case,
specchi maestosi,
sopravvive lo splendore dell'antichità.

Amo Roma, la grande Roma,
che chiama tutti: "Parliamo?
Delle sue epoche, l'eternità dell'anima-
scrivi presto la verità".

Istanti di note epoche,
dove i miti, infiammarono Cesare,
lo splendore delle scienze, la beatitudine
e le celebrazioni cattoliche.

ALESSANDRO RAMBERTI – АЛЕССАНДРО РАМБЕРТИ

Alessandro Ramberti (Santarcangelo di Romagna, 1960) laureato in Lingue Orientali a Venezia, ha pubblicato in prosa: *Racconti su un Chicco di Riso* (Pisa, Tacchi 1991) e *La simmetria imperfetta* con lo pseudonimo di Johan Thor Johansson (1996). Con la poesia *Il saio di Francesco* vince il *Pennino d'oro* al Concorso Enrico Zorzi 2017.

Алессандро Рамберти (Сантарканджело ди Романья, 1960) окончил факультет восточных языков в Венеции, есть публикации прозы: «Racconti su un chicco di riso» (Пиза, Такки, 1991) и «La simmetria» (произведение написано под псевдонимом Йохан Тор Йоханссон) (1996). Стихотворение «Привычка Франческо» принесло ему победу в номинации «Золотое перо» на конкурсе Энрико Зорци в 2017 году.

Guardate la soglia che si schiude
nel luogo ove gli occhi sono inutili
e mancano gli echi del Carmelo
dov'è l'assoluto senza suono
e scivola il vento impercepibile
con sillabe appese a note insolite
che sembrano avere rinunciato
ai mezzi che vibrano alti e bassi
nell'aria del mondo un po' scontata
qualcuno ci spinge al puro tocco
ma forse sta in questo materiale
scavato e deserto in cui passiamo
il segno in cui transita ogni fiato
lo scambio vivente di energia
il ponte gettato sul fossato.

Взгляните: тут открыта дверь,
Но взор увидеть не поможет.
Здесь эха нет с горы Кармель
И абсолют беззвучен тоже.

Скользит неуловимый ветер
Со слов и нот и дует в спины
Так, словно тайны нет на свете,
Лишь едут вверх и вниз машины.

И в пустоте прикосновение.
Быть может, то мираж в пустыне?
Дыхания живого веянье.
Мост через ров здесь есть отныне.

(Перевод: Анастасия Купряшова)

УЛЬЯНА ОЛЕЙНИК – ULYANA OLEYNIK

Олейник Ульяна Владимировна. Родилась в городе Санкт-Петербурге 11 апреля 2008 года. Стихотворения начала писать примерно с четырёх лет. Первым было стихотворение о войне, написанное к девятому мая. Основными темами произведений являются внутренние переживания человека и воспевание природы. Член Молодежного Союза писателей, литературного клуба «Лукоморье». Участник проекта ГИПЕРПОЭМА, участвовала в российско-белорусском сборнике «Братство», в переводе произведений китайского сборника стихотворений «Жемчужина».

Oleinik Ulyana Vladimirovna. È nata a San Pietroburgo l'11 aprile 2008. Ha iniziato a scrivere poesie all'età di quattro anni. La prima è stata una poesia sulla guerra, scritta il 9 maggio. I temi principali delle opere sono le esperienze interiori dell'uomo e la glorificazione della natura. Membro dell'Unione Giovani Scrittori, club letterario "*Lukomorye*". Ha preso parte al progetto *HYPERPOEM*, ha partecipato alla raccolta russo-bielorussa "*Brotherhood*", alla traduzione delle opere della raccolta cinese di poesie "*Pearl*".

***

Нарисуй мне звезды так, чтобы они светились.
Нарисуй мне ливень так, чтоб он гремел.
Чтобы птицы пели, нивы колосились,
Голос ветра чтоб в ушах шумел.

Нарисуй луну мне поздней ночью,
Отражение в глубинах темных вод.
Нарисуй, мне это нужно очень,
Чувствую, что скоро всё уйдет.

Перестанет нива колоситься,
И в объятьях тучи небо скроют.
Не успею ими насладиться
И душа от горечи завоет.

Очень жаль, что не могу сама я
Красками запечатлеть в картину…
Но хранить в душе, пока живая,
Рисовать словами- мне под силу!
Иди сюда , давай посмотрим на закат.
Смотри, как солнце небо зажигает,
Подсвечивая златом облака,
Границу неба светом наполняя!

Как удивительно играют краски,
Переливаясь из огня в искру!
Неповторимый отпечаток сказки,
Которую ты вспомнишь поутру.

Лучи идут до половины неба,
Так солнце попрощается с Землей.
Дорожки света, золотые вехи,
Что сквозь века соединят с тобой.

И пусть угасли, но сияют в сердце-
Оттуда невозможно их стереть!
Прощанье с солнцем и улыбка детства,
Что позвало нас на закат смотреть…

***

Disegna per me le stelle, lascia che brillino.

Disegnami un acquazzone che tuoni,
perché cantino gli uccelli, che prosperino i campi
e che la voce del vento sia fragore nelle tue orecchie.

Disegnami la luna a notte fonda,
riflessa in profonde acque scure.
Disegnala, ne ho urgenza,
a breve svanirà ogni cosa.

Il campo di grano non donerà più spighe,
in abbraccio di nuvole il cielo celerà il suo volto.
Non avrò più tempo di sentirne il sapore
colma di amarezza l'anima mia e un lamento.

Se sapessi come, lo farei io stessa
con i colori catturerei le immagini;
però nell'anima so custodirle vive
con le parole disegnarle – questo posso farlo!
Vieni qui, ad ammirare il tramonto.
Guarda come il sole rischiara il cielo,
evidenziando le nuvole con l'oro,
riempie di luce l'orizzonte!

Come giocano i colori,
traboccano dal fuoco alla scintilla!
Un'impronta unica di fiaba,
che ricorderai al mattino.

Si allungano i raggi fino a metà del cielo,
è così che il Sole dice addio alla Terra.
Sentieri di luce, pietre miliari d'oro,
unione sacra attraverso i secoli.

E anche se svaniscono, risplendono nel cuore -.
È impossibile cancellarli! (eternamente!)
Addio al sole e al sorriso dell'infanzia,
che ci chiamava a guardare il tramonto…

***

Тихо, мирно, спокойно
Ты проспишь до утра.
А в объятиях лунных
Засыпает река…
Лишь мелькнет над водою
Нежный шепот ветвей,
Не дающий покоя
Бурной пляске теней.

Ты всё спишь и не знаешь,
Что сквозь вязкую тьму,
Пробивая туманы,
Души ищут звезду;
Что, мигая игриво,
И струясь, как поток,
Словно россыпь сапфиров,
Песня мчится ветров;

Что над чащей дремучей,
За высокой горой,
Совы тихо летают,
Охраняя покой;
Что по лунной дорожке
Бродят сны и мечты…
Ты узнаешь всё после,
А пока- просто спи…

3 марта 2023 год

Tranquillo, pacifico, calmo
dormirai fino al mattino.
E tra le braccia della luna
il fiume lentamente si addormenta.
Sull'acqua soltanto risplende
il dolce sussurro dei rami,
l'incessante
danza turbinosa delle ombre.

Stai ancora dormendo e non sai
cosa c'è più in là dell'oscurità vischiosa.
Oltrepassando nebbie
le anime sono in cerca di una stella
che brilli giocosa
e scorra come un ruscello,
come una manciata di zaffiri,
il canto corre sui venti

oltre la fitta boscaglia,
oltre quell'alta montagna,
silenziosi volano i gufi,
custodi di pace;
sul sentiero illuminato dalla luna
sogni vagano e sogni.
Saprai tutto più tardi
per ora, continua a dormire…

EMANUELA RIZZO – ЭМАНУЭЛА РИЦЦО

Nata a Galatina, vive a Parma. Nel marzo 2021 ha pubblicato la sua prima raccolta di poesie *Cuore di cactus*, per Bertoni Editore, nella collana a cura di Luca Ariano. Nel marzo 2022 è uscita una sua raccolta di aforismi. Nello stesso anno viene pubblicata la raccolta *Luci di Versi*, antologia di poeti asiatici, promossa con Alessio Zanichelli. Ha scritto diverse prefazioni a antologie internazionali. È ambasciatrice italiana della *Fiera del Libro Virtuale* e organizza eventi poetici online. Ama organizzare eventi di poesia per adulti e bambini in parchi e spazi verdi per promuovere una cultura del rispetto dell'ambiente. È presente con le sue poesie in diverse antologie internazionali.

Родилась 15 сентября 1978 года в коммуне Галатина, проживает в городе Парма.

В марте 2021 года был опубликован её первый сборник стихов «Сердце опунции» в издательстве «Бертони» в разделе литературной мастерской (поэтической лаборатории) «Ожерелье», куратором которого является Лука Ариано.

В марте 2022 года она выпустила сборник Афоризмов. В том же году был опубликован сборник «Огни Верси», Антология азиатских поэтов, курируемый ей и Алессио Заничелли, для литературной мастерской (поэтической лаборатории) «Ожерелье» Луки Ариано. Она написала несколько предисловий и послесловий к международным антологиям. Эмануэла является послом Виртуальной ярмарки книг в Италии и организует мероприятия онлайн и очно. На протяжении длительного времени, она организует поэтические вечера для взрослых и детей в парках и зеленых зонах, чтобы продвигать культуру бережного отношения к окружающей среде. Её стихи опубликованы в нескольких международных антологиях.

Il mio ultimo tramonto

Il mio ultimo tramonto
a Rivabella
è un dipinto di Renoir
è un sole a mezzogiorno
di Van Gogh.
Io sono la donna
al tramonto
di Friedrich,
il vuoto alle spalle,
l'estasi
negli occhi,
il sorriso
di mia madre.

Мой последний закат

Мой последний закат в Ривабелле,
как картина месье Ренуара.
Это «Полдень» Ван Гога.
Я, как «Женщина
на закате»
Фридриха:
пустота позади,
его восторг
в глазах,
и улыбка
моей матери.

(Перевод: Виктория Ерух)

Paper spine cactus
A mia nonna Ida

Sembravano
i nastrini di raso
bianco
che intrecciavo da bambina.
La tua eleganza
nella rafia
bianca,
il tuo ricordo
depositato
sul marmo,
un'opuntia
con gli aghi
di carta,
che mai
mi ferì.

Бумажные колючки кактуса
(Моей бабушке Иде)

Они были похожи на атласные
белые ленты,
которые я плела
в детстве.
Твоя элегантность
В белой рафии,
память
о тебе увековечена
в мраморе,
опунция
с бумажными иголками,
которая никогда
не причиняла мне боли.

(Перевод: Виктория Ерух)

КАБИШЕВ АЛЕКСАНДР – ALEXANDER KABISHEV

Кабишев Александр Константинович (К.А.К.) - Председатель Молодежного Союза Писателей «Северные Полмира». Член-академик МАРЛИ. Поэт и писатель, основатель нового направления в литературе и искусстве – чоизма, основатель и руководитель международного творческого и культурного проекта «DEMO GOG», главный редактор журнала «ЧЕЛОВЕЧЕСТВО» (HUMANITY), Основатель и наставник проекта на мировой рекорд – ГИПЕРПОЭМА (HYPERPOEM). Ряд его авторских произведений переведен и опубликован на испанском, арабском, итальянском, вьетнамском, французском, английском, хинди, португальском, сербском, греческом, тагальском и других языках (Россия, город Санкт-Петербург).

Kabishev Alexander Konstantinovich (K.A.K.) - Poeta e scrittore di San Pietroburgo, fondatore di una nuova tendenza nella letteratura e nell'arte – il *choism*. Collabora come giornalista con la rivista "*THE POET*", fondatore e capo del progetto internazionale creativo e culturale "*DEMO GOG*", capo-redattore di "*HUMANITY*", è autore di raccolte di racconti, poesie e di un romanzo. Curatore di numerose antologie di prosa e poesia moderna. Fondatore e mentore del progetto record mondiale *HYPERPOEM*. Ha diretto un documentario sull'organizzazione di beneficenza "*ECLF*". Membro di dverse associazioni e accademie, tra cui l'Unione Russa degli Scrittori e l'Unione degli Scrittori d'America del Nord. È direttore del movimento giovanile dell'Unione russa degli scrittori. Le sue opere sono tradotte e pubblicate in numerose lingue.

Северная Венеция

Там, где фасад особняков,
Встречался с гладью белых льдов.
Легла гранита череда,
Как крепость город обняла.

Каналы, как артерии воды,
Тянули силу из Невы,
А катера и корабли,
Изящно по реке текли.

Нельзя увидеть и забыть,
Иль набережные не любить,
И эта севера звезда,
Венецию в себе нашла.

Venezia - Stella Polare

Dove la facciata dei palazzi signorili,
incontrava la superficie del ghiaccio bianco.
Una linea di granito
come una fortezza abbracciava la città.

I canali come arterie d'acqua,
sembravano attingere l'energia dalla Neva
e le barche e le navi
scorrevano con grazia lungo il fiume.

Non si può vedere e dimenticare
o non amarne gli argini
e questa Stella Polare
ho trovato Venezia dentro di me.

Италия

Далекая, старинная
И южная страна,
Была мечтой художников
Из прошлого всегда.

Морями омываемый,
Европы всей сапог.
Так сильно выделяется,
Как райский уголок.

Не с чем его не спутаешь,
Не сможешь позабыть,
И даже вдруг уехавши,
Тут в мыслях будешь жить.

Italia

Lontano, antico
il paese del sud.
Era il sogno degli artisti
del passato, da sempre.

Bagnata dai mari,
dell'Europa è l'intero stivale.
Fiera si erge
come un angolo di paradiso.

Non c'è nulla con cui confonderla,
non potrai dimenticarla
e pur partendo all'improvviso,
qui vivrà nei tuoi pensieri.

SERENA ROSSI – СЕРЕНА РОССИ

Serena Rossi è nata il 6 marzo 1972 a Milano, dove vive e lavora.
Nel 1999 si laurea in Farmacia. Dal 2002 partecipa a mostre personali e collettive in Italia e all'estero con le sue opere. Alcune delle sue opere fanno parte di una collezione privata e pubblica situata nel museo all'aperto di Camo e a Gravina di Puglia. Dal 2012 pubblica libri di poesia e cura eventi di poesia e letteratura in Italia. Dal 2021 è redattrice della rivista culturale online *Il Pensiero Mediterraneo*. Nel 2022 ha fondato il Premio *Vivi la Realtà*. Negli ultimi anni ha ricevuto diversi premi dal pubblico e dalla critica per i suoi scritti.

Серена Росси родилась в Милане, Италия, где она живет и работает. В 1999 году она окончила фармацевтический факультет. С 2002 года со своими работами она участвовала в персональных и групповых выставках в Италии и за рубежом. Некоторые из ее работ являются частью частной и публичной коллекции, расположенной в музее под открытым небом Камо и в Гравина-ди-Апулия. С 2012 года она публикует свои поэтические сборники и редактирует поэтические и литературные мероприятия в Италии. С 2021 года она является редактором онлайн-журнала о культуре *Il pensiero mediterraneo*. В 2022 году она учредила премию *Viva la realtà*. За последние годы она получила несколько наград от публики и критиков за свои работы.

Senza titolo 2022

Voglio che la linea pesante segni
Nero il foglio.

La morte alla fine della storia.
Non c'è discontinuità e
Se lo trovate per favore continuate con il
Disegno. Rimuovete le interruzioni.

Un anno di guerra genera paura
E il caos. Mondo oppresso.

Без названия 2022

Я хочу рисовать на листе,
Чёрной линией я завершу.
Смерть останется там, на конце.
Я пока никуда не спешу.

Если встретите строчку мою,
Не жалейте карандаша.
Пусть рисунок, как воин в строю,
Не прервется с того чертежа.

Год войны порождает страх.
Вносит хаос в сердца людей.
Угнетенный мир во грехах.
Я рисую Смерть на Земле.

(Перевод: Виктория Артюшенко)

Luglio 2023

Nuvole d'oro puro sui pensieri
Reliquie di una vita
Sprofondare in verdi linee disegnate
Delle Alpi in alto

Dove i serpenti bevono latte di montagna
E le api sono libere
Il suono caldo della tua bocca
Aperta quando cammini
Alpino del tuo mondo

(Montagna ospitale
Montagna che inarca la schiena
Come nuovo gatto)

Nel mese di agosto saliremo le cime
Il cappotto verde è giallo-bruciato con
Il calore dei Quaranta
E da casa sembra un dipinto ad olio.
Si è sciolto tutto.

Foresta di pensiero che non si allinea
La parola cammina da sola
Nella valle dietro la città aperta
Vuoto in attesa di settembre.

Чистым золотом в мыслях плывут облака,
Погружаюсь в реликвии жизни одной.
Как на линии Альп я гляжу свысока,
Нарисованных зеленью чьей-то рукой.

Там, где змеи пьют горное молоко,
И где пчелы свободны, где рот приоткрыт,
При ходьбе тёплый звук изо рта далеко
Разлетается в Альпах, там мир тот лежит.

Горы гостеприимны, их плавный хребет,
Будто кот молодой выгнул спину в ответ.

Мы поднимемся в августе на самый верх,
От жары прошлых лет пожелтеет пальто.
А из дома похоже на маслом портрет,
Все растаяло. Прошлое так далеко.

Мыслей лес все роится в моей голове,
Независимо слово, куда-то спешит.
Город пуст и свободен в зелёной траве,
Ожидая сентябрь, в долине он спит.

(Перевод: Виктория Артюшенко)

НАТАЛИ БИССО – NATALIE BISSO

Натали Биссо - поэт, прозаик, эссеист, автор песен. Автор 13 авторских сборников, соавтор более 180 международных сборников. Стихи переведены на 44 языка мира. Почетный деятель мировой литературы и искусства. Основатель и президент международного литературного объединения "Творческая трибуна". Академик Международной академии развития литературы и искусства; академик Международной академии русской литературы; член-корреспондент Международной академии наук и искусств. Почетный член СОЮЗА писателей СЕВЕРНОЙ АМЕРИКИ, глава немецкого отделения SPSA, почетный член многих творческих союзов. Она является кавалером медалей и орденов, в т.ч. под эгидой

ЮНЕСКО и более 400 Дипломов Лауреата и Гран-При.

NATALIE BISSO è poeta, romanziera, saggista e compositrice. Autrice di 13 antologie collettive, co-autrice di oltre 180 pubblicazioni internazionali. Le sue poesie sono state tradotte in 40 lingue e pubblicate in antologie internazionali. Figura importante della letteratura e delle arti del mondo (riconosciuta con un *badge* d'argento), prende parte alla vita letteraria di diversi paesi come membro accademico di numerosissime associazioni e accademie di arti e scienze in tutto il mondo. Membro di giuria in concorsi internazionali, è regolarmente insignita di importanti riconoscimenti planetari - ha ricevuto più di 400 diplomi; pluripremiata con medaglie e ordini internazionali, anche sotto gli auspici dell'UNESCO. Ha fondato l'Associazione letteraria internazionale *"Creative Tribune"*, di cui è presidente.

МОЁ СЕРДЦЕ В ИТАЛИИ

Престиж Италии века известен в моде,
Dolce&Gabbana, Saint Laurent известны всем давно,
Шик уважаем и в бомонде, и в народе,
Как итальянское игристое вино.

И обувью прославлен не напрасно
Брэнд Artioli. В чём же здесь вопрос?
И многое другое там прекрасно,
Но море там, как сладостный наркоз.

На море чувствуется всем и привкус счастья,
Как в сказке иль мечте, он - явь и сон,
Как лета поцелуи на запястье,
Как плеск волны, ритм пульса в унисон.

Все пять морей - сплошное чудо света,
Италии подарены не зря,
Бросаю в море медную монету,
Что бы не раз меня встречала здесь заря.

Чтоб пахли берега приятным бризом,
Цвели улыбками сердца и города,
И каждый раз была Италия сюрпризом,
В ней моё сердце остаётся навсегда.

Il mio cuore è in Italia

Il pregio antico dell'Italia è noto nella moda,
Dolce&Gabbana, Prada, nomi noti in lungo e in largo
quel que est chic è venerato parimenti nel *beau monde* e sulle strade,
proprio come lo spumante italiano.

E vuoi mettere le scarpe? Pensa per esempio alle Antonioli
non sono celebrate invano. Senza alcun dubbio.
È tutto un turbinare di bellezza.
Ma il mare. Il mare in Italia è un dolce anestetico.

C'è sapore di felicità nel mare.
Come un sogno o una favola, questa terra è una realtà e un sogno,
come i baci d'estate sul polso,
come lo sciabordio di un'onda, il ritmo di un battito all'unisono.

I suoi mari sono continua meraviglia del mondo,
l'Italia non ci è stata donata invano,
lancio una moneta di rame nel mare,
affinché l'alba mi incontri qui più di una volta.

Che le coste odorino di una piacevole brezza,
che cuori e città fioriscano di sorrisi
e ogni volta l'Italia è sorpresa nuova,
il mio cuore vi rimane per sempre.

РОЖДЕНИЕ ЛЮБВИ

Шумит Италия многоголосьем речи,
На летних пляжах заняты места,
Покрыт загаром летний жаркий вечер.
Картина явь или сошла с холста

Та девушка, в сияющем уборе,
В пространство форм. В ней яви простота.
Горит звезда, что искупалась в море.
В той деве неземная красота.

Мир заворожен, время замирает,
Купаясь взглядом в совершенстве форм,
Стук сердца все просторы заполняет,
Во мне звучат оттенки всех валторн.

Туманный фон и бархат тембра ноты
Смещались в тысячи оттенков и тонов,
Висит загадкой миг рождения чего-то...
То - обнаженно-откровенная любовь.

LA NASCITA DELL'AMORE

L'Italia risuona in polifonia di parole,
le spiagge estive sono piene di gente,
una calda sera d'estate è coperta di luce.
Il quadro è reale o si è staccato dalla tela

quella ragazza con un abito splendente,
nello spazio delle forme, c'è semplicità.
La stella che si è immersa nel mare è in fiamme.
La fanciulla s'inonda di bellezza ultraterrena.

Il mondo è incantato, il tempo si ferma,
lo sguardo si crogiola nella perfezione delle forme,
il battito del cuore riempie tutti gli spazi,
armonie di corni francesi risuonano in me.

Sfondo nebbioso e note dal timbro vellutato
si tramutano in migliaia di toni e gradazioni
sospesi al mistero della nascita di qualcosa.
È amore nudo e sincero

LUCILLA TRAPAZZO – ЛУЦИЛЛА ТРАПАЦЦО

Poeta, traduttrice, artista e performer italo-svizzera. Dopo anni trascorsi all'estero, per studio e lavoro (DDR, Belgio, USA), ora vive a Zurigo, Svizzera. Convinta sostenitrice dei diritti umani e del pianeta, il suo punto di vista sociale e femminile si riflette in molti dei suoi scritti. Le poesie qui presentate hanno ottenuto il "Primo premio per le poesie filosofiche" nell'XI edizione del premio *Autunno di Cechov*, Crimea 2021. Sei i suoi libri di poesia.

Поэт, переводчик, художник и перформер. Убежденный сторонник прав человека и планеты, ее социальная и женская точка зрения отражена во многих ее работах. По одному из ее стихотворений "Салмодия", в котором рассказывается о невесте-ребенке, был снят видеоролик, который транслировался итальянским национальным телевидением RAI 1 в весенний и осенний сезоны 2021 года. У неё шесть поэтических книг.

Anthozoa

Ci vuole la grazia luminosa del corallo
nell'arte del distacco.
Si chiudono gli occhi e poi si apre la mano
nella resa
finché non cade il seme
subendo metamorfosi simbiotica:
dall'animale al fiore
incastonato.
Poi in dissolvenza si svanisce.
Ci vuole della fede il timbro
chiaro. Ci vuole in fondo solo
amore.

Da "*La quiescenza del seme*", primo premio poesie filosofiche, XI ed. *Autunno di Cechov*, Crimea 2021.

Коралловые полипы

В искусстве отпускания требуется светящаяся грация коралла.
Вы закрываете глаза, а затем раскрываете ладонь в знак капитуляции,
 пока семя не упадет вниз,
претерпевая симбиотическую метаморфозу:
из животного
превращается в цветок.
Затем мы исчезаем.
Яркий звук требует веры.
 В конце концов, для этого нужна только любовь.

(Перевод: Татьяна Растопчина)

Dissolvenze

C'è forse redenzione nel gesto originario
nella mora rossa che si abbraccia
al giglio.

Ecco, ti presento l'uomo:
conquista con la clava
riversa seme – stupra
saldo nei costrutti sgretolati
nel suo vaso vuoto.

Si piega poi a sua volta
stupito
sull'ignoto.

Da "*La quiescenza del seme*", primo premio poesie filosofiche, XI ed. *Autunno di Cechov*, Crimea 2021.

Исчезать

Возможно, есть искупление в первобытном жесте
красной ежевики, в которой заключена
лилия.

Смотрите! Это мужчина:
побеждающий камнями и дубинками,
проливающий семя и насилующий
стойко в своих разрушающихся конструкциях
в своем пустом сосуде.

Который, в свою очередь, в конце
концов в изумлении наклоняется
в неизвестность.

(Перевод: Татьяна Растопчина)

ТАТЬЯНА РАСТОПЧИНА – TATIANA RASTOPCHINA

Растопчина Татьяна Владимировна [р. 1961]. Окончила Томский государственный университет. Член Российского Союза писателей. Дипломант литературных премий «Поэт года» (2014, 2015), «Наследие» (2014, 2015), «Русь моя» (2017), победитель международного конкурса поэтических переводов с французского языка «Радуга любви» (2011, 2012). Автор книги «Зеркало любви» (2012). Также переводила с французского, английского, испанского, немецкого, итальянского, польского, чешского и болгарского языков. Активная участница «Клуба поэтического перевода» при центральной библиотеке г. Рыбинска, on-line встреч Русского дома в Хельсинки и Ассоциации гуманистов Планеты, призовые места Всероссийского научно-практического семинара по проблемам перевода и поэзии при Томском государственном университете за 2019, 2020, 2021 годы. Живёт в г.Северск, Томской области, юго-западная Сибирь.

Rastopchina Tatiana Vladimirovna [n. 1961], poeta e traduttrice. Laureata presso la Tomsk State University. Membro dell'Unione Russa degli Scrittori. Pluri-vincitrice di importanti premi letterari russi e del concorso internazionale di traduzioni poetiche dal francese *Радуга любви* (Arco d'amore, 2011, 2012). Autrice del libro *Зеркало любви* (Specchio d'amore, 2012). Assidua collaboratrici di riunioni *on-line* della Casa Russa ad Helsinki e dell'Associazione degli Umanisti del Pianeta, annovera diversi premi di traduzione e poesia dall'Università di Stato di Tomsk nel 2019, 2020, e 2021. Vive a Seversk, nella regione di Tomsk, nella Siberia sud-occidentale.

Santa Lucia

> *"Venite all'agile*
> *Barchetta mia,*
> *Santa Lucia,*
> *Santa Lucia"*

Мы в хрупкой гондоле… Венеции утро…
Здесь камни замшелые режут волну,
В воде отражаясь, ступени как - будто
Уходят наверх…. Ах, нет, в глубину…

Пусть утренний ветер тихонько ласкает
И воды канала колышет волна,
Гондола послушна, как будто ныряет,
Танцует над волнами…   Грусти полна

Мелодия…   Старая песнь гондольера,
Напевна, пронзительна, только не плач,
Из пены канала не выйдет Венера,
Богиня Любви… Сердце медлит... и вскачь…

Santa Lucia

"Venite all'agile
Barchetta mia,
Santa Lucia,
Santa Lucia" *

Siamo in una fragile gondola... Venezia al mattino...
Qui le pietre muschiate tagliano l'onda,
i gradini sembrano riflessi nell'acqua
salgono.... oh, no, scendono negli abissi...

Che il vento del mattino ci accarezzi dolcemente
mentre le acque del canale sono mosse da un'onda,
si arrende la gondola, pare tuffarsi,
danza sulle onde... colma di tristezza

una melodia... La vecchia canzone del gondoliere,
è una nenia, struggente, ma non è un lamento,
Venere non emergerà dalla schiuma del canale
dea dell'amore... Il cuore esita... E poi ha un sobbalzo…

* *in italiano nel testo*

Балкончик крохотный в Вероне...

Балкончик крохотный в Вероне...
Перил касалась здесь Джульетта,
А камни солнечные помнят
Признанья пылкие Ромео.

Венеция и замок Дожей,
Шекспир в нём поселил Отелло,
Холодный мрамор лестниц... входишь
Под свод палаццо ты несмело.

Игра воды и полусвета,
Канал столетий гонит волны...
Тринадцать было той Джульетте,
А сколько было Дездемоне?

Il balcone è minuscolo a Verona

Un minuscolo balcone a Verona.
Qui la ringhiera che Giulietta ha toccato,
le pietre al sole ricordano
le confessioni dell'ardente Romeo.

Venezia e il Palazzo Ducale,
Shakespeare vi sistemò Otello,
fredde scale di marmo. Ora stai entrando
sotto la volta del palazzo ed esiti.

Il gioco di acqua e penombra
il canale per secoli ha guidato le onde...
Giulietta aveva tredici anni
e quanti anni aveva Desdemona?

MARA VENUTO – МАРА ВЕНУТО

Mara Venuto, poetessa e drammaturga, nata a Taranto, vive e lavora a Ostuni. Diverse le sue pubblicazioni teatrali e di poesia, tra cui *Gli impermeabili*, 2016; *La lingua della Città*, 2021; e il suo ultimo *Vora* (Sinkhole), 2023. Ha anche curato e pubblicato numerose antologie, tra cui un ciclo di poesie di donne; è presente in molteplici opere collettive di poesia, prosa e drammaturgia. Le sue poesie sono apparse in importanti riviste e antologie letterarie internazionali. Le sue sceneggiature su temi sociali sono messe in scena regolarmente con ottima ricezione di pubblico e critica. È stata ospite di diversi Festival internazionali di poesia.

Мара Венуто, поэтесса и драматург, родилась в Таранто, живет и работает в Остуни (Великобритания). Она опубликовала: сборник монологов "Прочти мои мысли" (Leggimi nei pensieri, 2008); монолог "Монстр" (2015); сборник стихов "Водонепроницаемые" (Gli impermeabili, 2016); сборник стихов "Эта пыль развеяна ветром" (Questa polvere la sparge il vento, 2019); поэтический сборник "Язык города" (La lingua della città, 2021); поэтический сборник Воронка (Vora, 2023). Она также опубликовала множество антологий, в том числе цикл женских тома; она фигурирует в многочисленных коллективных произведениях поэзии, прозы и драматургии. Ее стихи публиковались в литературных журналах и антологиях в Польше, России, Ирландии, Индии, Албании, Мексике, Македонии и Испании. Ее сценарии на социальные темы были поставлены с хорошими отзывами публики и критиков. Она включена в трилогию томов, посвященных современной женской итальянской поэзии, опубликованную в 2017 году. Она была гостьей нескольких международных поэтических фестивалей, в том числе IX фестиваля славянской Поэзия в Варшаве в 2016 году; XVI Международный фестиваль ионической поэзии "Трирема" ("Трирема и поэзия Йониане") в Саранде (Албания) в 2021 году; XXVI фестиваль "Ребенок и наймит" в Тетова (Македония) в 2022 году.

Passa

Non cambia niente,
dice un uomo che mi passa accanto
eppure, cambia l'ora
in staffette di secondi in fila,
cambia la stagione senza avvisare
e il colore dell'aria che respiro.
E anche il tempo cambia, si contrae
un singhiozzo nel petto annega
in un sorso d'acqua, e si spegne
con uno spavento bambino, nato

dalla mia paura di restare impassibile
inanimata carta fotografica,
mentre tutto passa.

Da "Gli impermeabili", 2016.

Без названия

Земля мне причиняет боль, страдаю:
Я корень там, где не пустить их в век .
Тем временем бежит, течет вода, и
Снаружи всё как-будто так сто лет.
Но всё не так, а можно и поверить,
В веретено, гвоздь, якорь иль бордюр,
Вращается Земля,
И не измерить
Далекий лес, что вырос словно сюр.

(Перевод: Ленуш Сердана)

Senza titolo

Mi fa male la terra, essere
radice dove non può attecchire.
Si muove l'acqua intanto, scorre
e fuori sembra immobile, sembra
ma non è possibile
credere ancora all'àncora
al perno, chiodo o freno
e in mezzo la rivoluzione terrestre, le correnti
noi, e la foresta in capo al mondo
che avanza dai semi di nessuno.

*Da "Questa polvere la sparge il
Vento", 2019.*

Мимоходом

"Ничего не меняется"- бросил прохожий.
Как же тут согласится? Секунд череда
Бесконечно идёт. День сменить на погожий,
Не спросив дождь, приходит к нам солнце всегда.
Даже воздуха цвет, тот, которым мы дышим,
Сменят спазмы в груди, что водой я запью,
И мгновенный испуг, как у малых детишек:
Фото серым безликим остаться боюсь -
Весь мир мимо проходит, а я остаюсь...

(Перевод: Ленуш Сердана)

ВАЛЕНТИНА КОНОНОВА – VALENTINA KONONOVA

Валентина Кононова.

Родилась в селе Лентьево Устюженского района Вологодской области. Окончила школу рабоче-крестьянских корреспондентов при редакции районной газеты «Киришский факел», получила высшее образование в Ленинградском финансово-экономическом институте им. Н.А. Вознесенского (ныне Санкт-Петербургский государственный экономический университет). Живет в городе Кириши Ленинградской области. Ведет активную работу с читателями. Основные темы творчества автора сегодня – любовная и гражданская лирика, важное место отведено стихам о природе. Некоторые стихотворения положены на музыку. Выпустила пятнадцать сборников стихов и три книги прозы. Награждена знаками отличия Звезда «Наследие» 1и 2 степени, медалями РСП. Член Российского союза писателей.

Valentina Kononova. È nata nel villaggio di Lentevo, nella regione di Vologda. Laureta alla scuola di corrispondenti per lavoratori e contadini presso l'ufficio editoriale del quotidiano distrettuale *K Barangaysky Torch*. Ha ricevuto un'istruzione superiore presso l'Istituto Finanziario ed Economico di Leningrado, (attualmente *St. Petersburg State University of Economics*). Vive a Kirishi, nella regione di Leningrado. I suoi temi principali sono l'amore, la natura e i testi civici. Premiata con le insegne della Stella "*Heritage*" 1 ° e 2 ° grado, medaglie del RSP. Membro dell'Unione Russa degli Scrittori. Ha pubblicato quindici collezioni di poesia e tre libri di prosa.

Как хорошо! Как дышится легко!

Как хорошо! Как дышится легко!
И, сделав шаг, я попадаю в сказку.
Вдыхаю воздух грудью глубоко,
Окидываю взглядом мир прекрасный.

Я поднимаю голову, а там
Сквозь кроны сосен голубеет небо,
И солнце освещает этот храм,
В котором сплетены и быль и небыль.

Я подхожу к красавице сосне,
Руками и губами прикасаюсь
И слышу, как внутри, там в глубине,
Поют земные соки, поднимаясь.

Щебечут птицы где-то в вышине,
И дробь свою отстукивает дятел,
Мох, как ковер, ласкает ноги мне…
Как ласков этот мох и как приятен.

Здесь воздух, словно праздничный пирог,
Пропитан ароматами лесными.
И хочется вдохнуть его всего,
Набраться чистоты земной и силы.

Che bello! Come è semplice respirare!

Che bello! Com'è semplice respirare!
Basta un passo, e mi ritrovo in una favola.
Inspiro profondamente,
mi guardo intorno nel bellissimo mondo.

Alzo la testa, ed ecco
il cielo azzurro attraverso le chiome dei pini,
il sole illumina questo tempio
d'intrecci di passato e non passato / irreale.

Mi avvicino al bellissimo pino,
con le mani e le labbra lo tocco
e sento come all'interno, là nel profondo,
la linfa della terra che canta, che sale.

Gli uccelli cinguettano da qualche parte nel cielo
e il picchio batte i suoi colpi,
il muschio, come tappeto, accarezza i miei piedi
soffice è questo muschio e piacevole.

L'aria qui è come un dolce festivo,
intrisa di aromi di bosco.
E io voglio inspirare tutto questo,
assorbirne la purezza e della terra la forza.

Соловьи

Весенний вечер. Где-то там, вдали,
Быть может, даже где-то в том лесочке,
Поют, не умолкая, соловьи…
Так могут петь лишь только ангелочки.

Наполнен воздух звонкой тишиной,
Лишь соловьи свои разводят трели.
Такое можно слышать лишь весной –
Живое воплощение свирели.

Скажите, ну вот чем вам не концерт!?
Лишь голоса. «Артистов» мы не видим.
А декорации – цветы, река и лес –
Все в первозданном, натуральном виде.

Я слушаю душой, закрыв глаза,
А на душе и сладко и печально…
И только соловьи, их голоса –
То радостно, то больно до отчаянья.

Такой вот вечер, в окруженье грез…
Мечты, надежды и воспоминания
Сегодня, с песней, соловей принес,
Открыв окно к природо-пониманию.

Почувствовала крылья за спиной,
Энергию и жизненные силы.
И с этим я пошла к себе домой.
Все эти звуки в сердце уносила.

Usignoli

Sera di primavera. Da qualche parte là fuori, lontano,
forse in quella piccola foresta,
cantano gli usignoli senza sosta...
è proprio degli angeli un canto così.

Nell'aria c'è un silenzio squillante,
gli usignoli spargono trilli.
È questa la voce della primavera -
l'incarnazione vivente del suono.

Dimmi, non è forse questo un concerto?
Soltanto le voci. Non si vedono attori
e la scena è cosparsa di fiori, e un fiume e una foresta.

Tutto è nella sua forma originale, naturale.

Ascolto con l'anima, chiudendo gli occhi,
al contempo triste e felice
e gli usignoli, le loro voci -
a volte gioiose, a volte fanno male fino alla disperazione.

Una sera così, circondata da sogni...
Sogni, speranze e ricordi
oggi, con un canto, aprendo la finestra l'usignolo
mi ha donato la comprensione della natura.

Ho sentito ali sulla schiena,
energia e forza vitale.
Un po' più ricca sono tornata a casa
piena di suoni nel mio cuore.

GIUSEPPE VETROMILE – ДЖЗЗЕППЕ БЕТРОМИЛЕ

Giuseppe Vetromile è nato a Napoli nel 1949. Svolge la sua attività letteraria a Sant'Anastasia (Na). Ha ricevuto riconoscimenti sia per la poesia che per la narrativa in importanti concorsi letterari nazionali. Numerosissimi sono stati i primi premi. Ha pubblicato più di venti di libri di poesie e ha curato diverse antologie. È il fondatore e il responsabile del *Circolo Letterario Anastasiano*. Fa parte di giurie in importanti concorsi letterari nazionali. È l'ideatore e il coordinatore del Premio Nazionale di Poesia "Città di Sant'Anastasia".

Джузеппе Ветромиле родился в Неаполе в 1949 году. Литераторской деятельностью занимается в Сант - Анастасии (на). Признание, как поэт получил на крупных литературных конкурсах. Обладатель множества первых премий. Автор более 20 сборников стихов, редактор нескольких антологий. Основатель и руководитель Circolo Letterario Anastasiano. Входит в состав жюри важных литературных конкурсов. Создатель и координатор Национальной, поэтической премии *"Citta di Sant'Anastasia"*

il senso del mercato

il senso del mercato è questa compravendita di anime
questo scambio di illusioni
e io per te nulla mi porto dentro se non le perle
del tuo amore
le gocce di pianto o la luce dei tuoi sorrisi

siamo in una piazza a barattare i nostri sogni
a riceverne di nuovi
e quelli scaduti da tempo ora che non è più tempo

a ricostruire metafore per domani
mentre s'inabissa il breve confine
sul limite del giorno

questo siamo mia cara
una continua merce di noi stessi
priva di valore

restano gli occhi addormetati sul cuscino
qualche moneta infissa nel cuore
per l'eterno gioco della vita

come una vecchia macchina trasandata
da riavviare nella bruma
del nuovo mattino

Смысл рынка

Рынок жизни не так уж прост.
Здесь торгуют душой, улыбкой.
И любовью, и каплей слёз,
И надеждой, пусть самой зыбкой.

Мы торгуем желанием, мечтой,
Что сбылась, и не сбывшейся тоже.
И фантазией, пусть смешной.
Только может и лучшей всё же.

Мы играем всё время в жизнь,
Как машина, куда то мчимся.
Каждым утром твердим - Держись!
К новым далям опять стремимся.
(Перевод: Фаина Назарова)

la mia età è questa zona verticale

la mia età è questa zona verticale in perenne equilibrio

sotto i miei piedi il cammino frana
su ciottoli aspri
e dal tetto si espande il mio sguardo
fino a lembi di possibili sogni ultraterreni

così io mi dilungo a dismisura tra terra
e cielo
ma in nessuna sostanza mi definisco
né in alcuna ombra o ipotesi di realtà
molecolare

sono da quello di sopra a quello di sotto
unico nome sottile
attraverso tutto il creato
in un solo momento
ora mentre scrivo

e ancora mi rivedo fantasma:

la mia impossibilità è certezza quotidiana di vita
di volta in volta devo imparare nuovi amori
di volta in volta ritrovo scorie di morte
tra le pagine della mia storia
effimera

Мой возраст

Мой возраст это вертикаль,
Дорога вверх с земли, что под ногами.
Дорога, что уводит меня в даль
Короткими и длинными ночами.

Я просто на земле своей живу,
Не совершаю никаких открытий.
Но я творю, стихи свои пишу,
Об уникальности прекраснейших событий.

Я вижу иногда себя другим.
Найти пытаюсь что-то в жизни этой.
Свою любовь и мир, что сохраним.

О чём здесь и написано поэтом.

Посмотрите пожалуйста!

(Перевод: Фаина Назарова)

ЛЕВИКОВ МАКСИМ – LEVIKOV MAKSIM

Левиков Максим Игоревич - студент, поэт, писатель и волонтёр, участник нескольких международных проектов таких как "Рассвет", "Гиперпоэма", "Дружба" и другие. Также является активным членом сообщества "DEMO GOG", Вице-президентом Молодёжного союза писателей и одним из авторов нового литературного движения "Чоизм". Г. Санкт-Петербург.

Maxim Igorevich Lesikov è uno studente, poeta, scrittore e volontario, partecipante a diversi progetti internazionali come "*Dawn*", "*Hyperpoem*", "*Friendship*" e altri. È anche un membro attivo della comunità DEMO GOG, Vicepresidente dell'Unione dei Giovani Scrittori e membro degli autori del nuovo movimento letterario -*Choism* di San Pietroburgo.

Капли дождя

Заливают потоком
И весь мир погружён
В их столь сбивчивый шум

Кто идёт под дождём
Потеряет дорогу
Коли Зонт будет мал
Или вовсе забыт

Капли падают вниз
Но с стремительным ветром
Их полёт невидим
И пронзительно быстр

Человек под дождём
Ощущает тревогу
И падение надежд
С каждый капелькой вниз

А внизу столь свободно
Могучим потоком
Протекают мечты
Всех живых на земле

Коли веры в тебе
Сохранится немного
Может будет и шанс
На спасение в воде.

Gocce di pioggia

si riversano in uno scroscio
e il mondo intero è immerso
nel rumore incalzante

chiunque cammini sotto la pioggia
perderà la strada
se l'ombrello è piccolo
o se l'ha dimenticato

cadono le gocce
ma con il vento impetuoso
il loro volo è invisibile
e straordinariamente veloce

sotto una pioggia scrosciante
prova ansia l'uomo
e il crollo delle speranze
giù con ogni goccia

e sotto potente diluvio
liberamente
scorrono i sogni
di tutti i viventi sulla terra

se rimane ancora
un po' di fede in te
forse ci sarà una possibilità
di salvezza nell'acqua.

Как вода стекает с стенок,

Как огонь горит в печи

Как один под тёмным небом
Ты сидишь в густой ночи.

Как туман тебя обнимет
Как ты встанешь и пойдёшь
Как один на гору эту
Ты взойдёшь.

Как трава растёт под небом
Как её колышет дух
Как и ты колышем ветром
Устоишь на склоне тут.

Как восстанет солнце в небе
И в небесной глубине
Ты найдёшь свои ответы
Как тебе жить на земле.

Come l'acqua scorre lungo le pareti,
come il fuoco brucia nel forno
come sotto il cielo oscuro
sei seduto da solo nella notte fitta.

Mentre la nebbia ti abbraccia
ti alzi e cammini
da solo ti arrampichi
su questa montagna.

Come l'erba cresce sotto il cielo
come il suo spirito la culla
come tu sei portato dal vento
resisterai su questo pendio.

Quando sorgerà il sole
nelle profondità celesti
troverai le tue risposte
su come vivere sulla terra.

MICHELA ZANARELLA – МИКЕЛА ЦАНАРЕЛЛА

Pubblicista giornalista - editrice del Periodico Italiano *Magazine*

Direttrice Consiglio della Rete Italiana per il Dialogo Euromediterraneo (RIDE-APS) EMUI. Coordinatrice Relazioni Internazionali *EuroMed University*
Presidente A.P.S. "Le Ragunanze"

Журналист-публицист - редактор итальянского журнала Periodico Italiano Итальянской сети Евро-Средиземноморского диалога (RIDE-APS) EMUI, Координатор международных отношений ЕвроМед, Президент Университета ЕвроМед A.P.S. «Le Ragunanze».

Respirare

Aver riconosciuto la libertà
nell'aria discreta che mormora luce
agli alberi e fa felici le cose intorno
nel punto più interiore.
Respirare.
Che fortuna avere fiato abbastanza
per pronunciare parole che sanno di resina
dentro hanno tutta la fiducia delle cortecce
sfiorate al cuore da un vento sottile.

ДЫШИ

Свободно и легко от дуновенья ветра,
Что раскачал вокруг по кронам пятна света.
Он счастьем прорастёт из глубины души!
Дыши!

Нет никаких преград, смолой пропах тут воздух,
Здесь дышится легко, слова звучат так просто,
Ласкает ветерок сердца в лесной тиши.
Дыши.

(Перевод: Светлана Попова)

ПРИЛОЖЕНИЕ.
ПОЭТЫ-ПЕРЕВОДЧИКИ СТИХТВОРЕНИЙ ИТАЛЬЯНСКИХ АВТОРОВ

ULTERIORI TRADUTTORI RUSSI

НАДЕЖДА СВЕРЧКОВА – NADEZHDA SVERCHKOVA

Профессия – Архитектор.

Изданы четыре авторских сборника – «Прикосновение», «Мерцание», «Пробуждение», «Настроение».

Экземпляры этих сборников хранятся в Российской национальной библиотеке.

Помимо издания собственных сборников, Сверчкова Надежда печатается в Журнале поэзии «ОКНО», в Сборнике юмористических стихов и миниатюр «Улыбайтесь, господа!», в Сборнике стихов для детей «Стихо-няня», в Сборнике современной поэзии «СИНИЙ МОСТ», в Журналах «Невский Альманах», «Душа на рифму не глядит», «Рог Борея».

Надежда Сверчкова постоянно выступает на открытых площадках города, в клубах, на творческих вечерах, в социальных учреждениях, не оставляя равнодушными слушателей своей эмоциональностью и открытостью исполнения.

Architetto. Al suo attivo ha quattro raccolte di poesia: *Прикосновение, Мерцание, Пробуждение, Настроение (Tocco; Luce intermittente, Risveglio; Umore)*, custodite anche presso la Biblioteca Nazionale Russa.

Selezioni delle sue opere sono apparse sulle riviste «ОКНО» (Finestra); «Невский Альманах», (Almanacco Nevsky); «Душа на рифму не глядит» (L'anima non guarda la rima), «Рог Борея (Il corno di Boreas) e nelle raccolte di poesie Улыбайтесь, господа! (Sorrida, Signore - brevi poesie umoristiche), Стихо-няня (Tata-Poeta, poesie per bambini), «Стихо-няня» (Ponte azzurro - poesie contemporanee.)

Con le sue performance, Nadezhda Sverchkova si esibisce regolarmente negli spazi aperti della sua città, nei club, durante serate creative, presso istituzioni sociali, ispirando gli spettatori con l'emotività e l'apertura della sua forza performativa.

АКСИНЬЯ НОВИЦКАЯ – AKSINJA NOVITSKAYA

Родилась 25.10.1980 в Маленьком Башкирском поселке. Пишет с детства. В 2021 году вышла первая книга, в 2023 она была переиздана в виде интернет издания. Член Союза Писателей России.

Aksinya Novitskaya.

Nata il 25.10.1980 in un piccolo villaggio Bashkir. Scrive fin dall'infanzia. Nel 2021 è stato pubblicato il primo libro, nel 2023 è stato ripubblicato come edizione online. Membro Dell'Unione Degli Scrittori Della Russia.

www.ingramcontent.com/pod-product-compliance
Lightning Source LLC
LaVergne TN
LVHW091625070526
838199LV00044B/943